斷情扇

張行知 著

■ 作者夫婦結婚時合影。

■ 作者夫婦攝於「杜甫草堂」。

■ 兩女同日結婚時，作者夫婦與《女強人》的作者、名小說作家朱秀娟（中）女士合影。

■ 作者（左起三）任桃園文藝協會常務理事時與桃園縣長朱立倫（中立者）、立法委員朱鳳芝（右起一）、理事長楊珍華（左起一）等人合影。

■ 作者（右一）與總統府資政資深名小說家鍾肇政（左起之四）、名國畫家王獻亞（右二）桃園文協理事長（女）楊珍華、前大溪鎮長林熺達（左起二）、文協總幹事滕興傑合影。

■ 作者夫婦（中坐者）返鄉探親時與弟妹們合影。

■ 作者與長女菁雯、兩個孫兒合影。

■ 作者夫婦旅遊時合影。

■ 作者與鄰居喬長興（右）先生攝於中、越國界碑前。

■ 作者絲路之行攝於漢代長城遺址。

斷情扇

目次

前言

本書共收集了十篇小說，包括了作者近年和四十年前的作品。標題小說《斷情扇》是近年「新作」，故事卻是「陳年傳說」，青年副刊發表後，曾於文友聚會時，一位文友碰頭就不屑地說，老張！又讀了你的大作〈斷情扇〉，它是一篇美好的武俠小說啊！我笑了笑，不便回答她，這是我自己造的「孽」。遠在十五年前，拙著長篇武俠小說《孤王》，在〈暢流〉雜誌連載三期後，由江述凡先生製作，於〈中廣〉午夜奇譚節目中接司馬中原的「鬼故事」連續播出三個月；接著，又由武漢市〈長江文藝出版社〉分上下集出版，至今被大陸「出版家」再三盜印。而另一部長篇武俠《了情歌》，在某報連載了一年後，又在大陸和台灣先後出版。因此，這位文友見了沒有「刀光劍影」的〈斷情扇〉篇名，而不需要讀內容，便像法官斷案判定它是純文藝作品以外，被她視為是「左道旁門」的武俠作品。武俠小說是否屬於左道旁門，讓後世子孫去評定。凡是不能流傳後代的作品，不管它「純」與「邪」，都是或多或少地藏有臭味的垃圾。〈斷情扇〉到底是不是武俠呢？請讀者做「包青天」吧！為了怕重蹈〈斷情扇〉被「誤判」的先例，特別對本書的其他各篇「抹脂擦粉」：〈女兵隊長〉寫抗日戰爭時中國遠征軍，在人跡罕至寸步難行的野人山求生戰中，四十五個女兵入山，只剩下四人活著出來，是國軍軍史上可查證的，至今讓人哀傷不已的真實故事。〈大伯父〉寫六、七十年前以古老倫理為中心，大伯父在家族中的權威；其中寫老祖宗對子孫的誡律，「一言為定」的誠實社會等。〈傷心道上傷心人〉是寫關羽、包青天、李白都在陰陽兩界的傷心道上往返受盡折磨，至今都不願意輪迴到人間來。〈鴛鴦夢〉是旅遊泰國時，導遊小姐講述台商和人妖的戀愛故事，他倆是怎樣「戀」的呢？最後五篇分別刊登於（雲海副刊）和（東台日報副刊）的〈醉酒記〉、〈楓葉淚痕〉、〈編織的美夢〉〈茶、同情〉和〈懺悔〉，是初習小說創作未婚前的習作，在四十年前三十而立的少年郎，夜夜都做著「美嬌娘伴眠」的美夢，醒後日復一日地與槍砲為伍。因而寫下了許多篇夢樣的愛情小說，至今仍然記憶猶新被散失的短篇尚有〈風亂〉〈飛來艷福〉、中篇〈寂寞的雀〉等，不知是否與「現代愛情」有多少斤兩的差異？附錄的兩篇作品，其一〈夏娃的女兒〉，勝過江山的美女，在小說中最吸引讀者了，夏娃的女兒是天下第一美女，從她的頭頂美到腳底，她有如柳也似新月的眉、傳神揚性的神眼、如玉琢粉堆的瑤鼻……美麗潔白纖柔適中的腳。本文部份珍貴資料，由同鄉好友萬國鼎先生提供，特此鄭重拜謝。其二是〈淺說短篇小說創作〉，它發表在四十年前的忠誠報，又先後贈予沒稿酬的報刊刊布兩三次。我一生雖然出版了兩本文藝論評的小作，一本是〈臺灣商務印書館〉的《大陸作家短篇小說評選》（一、二版發行），另一本是桃園縣文化中心出版的《像一串璀璨的珍珠》，其他「等候」出版的有《台灣作家作品選讀》等。但，淺見以為文藝創作是百藝術中最高尚的藝術，沒有誰個文藝理論是創作的模型、標竿，完全依靠自己多讀多寫。因此，〈淺說短篇小說創作〉是一篇最壞的作品，更何況它是四十年以前的「垃圾文」，依據它的指引去寫短篇小說，全都是「誤導」，如果硬要把它作為小說寫作的參考資料，也只能「參參」、「考考」而已。

值茲《斷情扇》出版前夕，特為它擦脂抹粉，以便在人生的舞台上圓滿演出，祈請讀者指導。

斷情扇

一

暗夜的桐油燈下，林舉人準備深夜苦讀，突然心有所思地笑了笑後，振筆疾書：「一物坐也坐，行也坐，立也坐，臥也坐。」寫完，自言自語地翹著拇指說：「妙，妙極了的謎語啊！」

窗外，傳來一陣陣悅耳的蛙鳴伴和著汪汪的犬吠聲；月亮躲藏在雲姐的羅裙裡。夜，不寧靜，門敲三聲後，她又輕移蓮步的進了戶。

「妳來得正巧，我剛寫了個謎語，妳猜猜謎底吧！」

她站立在他的身側，看完了他寫的謎語後說：「我也有個謎語，請你先猜。」接著，她說：「一物臥也臥，坐也臥，立也臥，行也臥。」

他閉目沉思後說：「我猜不著妳的謎語啊！」

「那……我來告訴你吧！你的謎語謎底是蛙；我的謎語謎底嘛，書呆子！」不知怎的？她把常叫的「相公」改稱「書呆子」，向他抿嘴一笑後說：「我的謎語『吞』掉你的謎語！」她把「吞」字特別提高了聲調。

林舉人想不出來話中話，癡呆地望著他自己書寫的謎語。

她從他的身後雙手撫摸著他的雙肩說：「今天是初一日，不陪伴你夜讀；我的謎語嘛，你慢慢去猜！」她說後，轉身離去時，又回過頭來說：「我還有個更難的謎語啊！書呆子，你聽清楚：『冬筍兒沒用，一竹篙打不到井底』！」她說後便開門離去。

二

明朝隆慶年間，漳州詩社在重陽節詩賽時，應徵詩題必須押韻，律詩一、二、四、六、八句的最後一字限定用「溪、西、雞、齊、啼」五個字；並且詩中要嵌入「一、二、三、四、五、六、七、八、九、十、百、千、萬等數字。」經過評審三番兩次仔細推敲的結果，以漳州梁知府大人的千金梁金姑的「六曲圍屏九曲溪，尺書五夜寄遼西。銀河七夕秋塡鵲，玉枕三更冷聽雞。道路十千腸欲斷，年華二八髮初齊。情波萬丈心如一，四月山溪百舌啼。」獨佔鰲頭，獲得冠軍獎。金姑從小勤讀詩書，過目成誦，執筆立就；人長得瑤鼻櫻嘴，兩隻碧清的大眼睛裏，塞滿智慧的光芒。親朋好友都直呼她梁才女。自從詩獎獲得第一名後，她的才貌遠近馳名，剛過二八年華，求婚的王孫公子就絡繹不絕。但她不貪金錢，不圖權勢，只求嫁給一個真才實學的謙謙君子。消息傳遍了漳州府裏府外，各地求婚的年少才子，紛紛遞上自己的絕佳詩文，盼望雀屏中選。

一天，龍溪縣太爺的兒子親自送上一篇文章，梁才女讀後嫌文筆不通，便批寫了兩句話：「筆底才華少，腹中韜略無。」梁知府看到，責怪金姑說：「妳不同意就罷，何必下批語，招惹是非。」金姑轉動大眼睛後說：「這個不難，我來改寫！」於是，她在批語下分別加上「有」和「窮」兩字，批語便成了「筆底才華少有，腹中韜略無窮。」人是打發走了，麻煩惹上了大門。縣官兒子文章獲得梁才女的批語後，如獲至寶，他把它高舉在頭上，像雀兒似的跳躍到了父親的膝前，老子看讀了批語後，也高興得跳了起來：「時來運轉，好極了！我明天就去投帖拜見知府大人，只要這門親事成了，哈、哈、哈……」只要這門親事成了，他縣太爺這根小藤子就可攀附著知府大人的大樹身爬了上去。

明天，梁府的大門前不寧靜了，縣太爺率領大隊人馬，敲鑼打鼓地闖了進來，梁知府接見他，他深長地做了個大揖，開門見山的說：「犬子的文章承蒙令嬡賜予絕佳批語，對犬子敬愛備至，特此趨府拜謝！」

梁知府正在不知如何對答時。

縣太爺緊接著說：「犬子飽讀詩書，立志與韓（信）白（起）爭鋒，與韓（愈）蘇（軾）競文，為我們韓氏家族再增添個出類拔萃的好兒郎。如果能獲得令嬡的終身相助，犬子便如虎添翼……」

梁知府對這位韓知縣心生厭煩，但不便口頭得罪，便說：「待本官與小女商量後再議！」

「幾時能商量決定呢？」韓知縣像是迫不及待。

「後日如何？」

打發走了韓知縣後，梁才女如此這般地告訴了父親。

後日韓知縣再來梁府時，梁知府對他說：「小女久仰令公子學富五車，才高八斗；她有個上聯，只要令公子對出了下聯，立刻花轎迎娶！」

梁才女的上聯是：「堂上木魚，無水更更叫！」

縣犬爺的草包兒子當然是想不出下聯來，此事傳遍了漳州城裡城外，梁才女乾脆請父親把上聯張貼了出去，誰對上了下聯，她就嫁給誰。

沒想到梁知府一任三年，三任九年後卸任返鄉前夕，漳州府驚傳梁才女因沒人對上她的上聯，抱恨憂悶猝死的噩耗。城外西郊芝山南麓的蝴蝶山腰出現了一座黃土新墳，墳前修建了一座精巧的八角亭，亭前的兩根石柱，一根上刻「堂上木魚，無水更更叫。」另一根石柱是空白的。

三

夏末秋初，從漳州南部趕赴京城應試的舉子們，經過漳州城南芝山下驛道時，發現蝴蝶山腰有座「突出」的新墳，最是與眾不同的是墳前有座八角亭，亭前的兩根石柱上，一根雕刻有上聯，另一根卻是空白的。

眾舉子們紛紛在八角亭前談論著：

這個梁金姑真不愧是才高八斗，學富五車。

大概是她在生前沒人對出下聯，死不瞑目。

不是的，是她的知府老爹，建亭炫耀女兒才華的呀！

現在，她人死了，對上了聯語，到陰間去和她成親，才真沒意思啦！

唉！滿腹文章，紅顏薄命，真可憐啊！

……

大家七嘴八舌的談論著，留下一聲聲的嘆息後，便繼續走上京城的大道。其中有位從南靖縣來的林金瑞舉子，獨自在八角亭前徘徊沉思後，急奔山下人家，問清楚了金姑的故事，對墳中的金姑不油然地產生了欽佩之情。反覆吟哦著八角亭柱上的上聯，三天三晚想不出下聯作答，便仰天長嘆：「既然無能對出此聯，愧赴秋試！」經過三思再三思後，仍對不出，足以證明自己是才疏學淺，即使赴京應考，也只不過是浪費長途跋涉的時間和路費，不如在八角亭下搭蓋茅舍，日夜苦讀，立誓沒有對答的下聯，便不走上京城大道。

新建茅舍落成，剛苦讀了三天三晚，半夜，敲門聲響，應聲開門，見到一位雙手抱琴笑盈盈的女子站立在門前，沒等他問話，她便搶先說：「聞相公夜讀，隨聲而至，彈唱一曲，消遣疲勞！」說後，便佇立門前，自彈自唱：

彼堯舜之耿介兮，既遵道而得路，何桀紂之猖披兮，路幽昧以險隘，豈予身之憚殃兮，恐皇輿之敗績。

這是屈原〈離騷〉詩中的一小段，林舉人曾在讀詩時最受到感動了，因為屈原不畏懼己身遭受災殃，卻焦慮君王的乘輿有傾覆破滅的危險，好一個忠心耿耿的屈原啊！

一般的江湖賣藝女子，只會彈唱「姑娘今年一十八，嫦娥臉蛋像鮮花」一類的粗腔俗調子；此女能彈唱〈離騷〉，顯然是非平庸之輩，正不知道該如何說話時，彈唱女搶先說：「相公夜讀，可否進戶請教？」

「今日夜深，明日再請解惑！」林舉人掩面揖說。

女子立刻彈唱：「明日復明日，明日何其多；今日當抓住，光陰莫蹉跎。」

林舉人聽唱後，深受感動，忘了深夜山居野室男女授受不親之嫌，讓她進戶入座。

少女坐在一張圓形木凳上，落落大方地問：「君家何處住？」

「小生來自南靖縣！」林舉人躬身回答後問：「姑娘家住何方？」

少女的聲音像珠走玉盤清脆悅耳地說：「妾住在橫塘，不，是錢塘！」

「為何遠道南下漳州？」

「隨父賣唱，遊戲人間；『停船暫借問』，唯恐誤行程；聞公子趕赴京城，為何留此耽誤考期！」

少女出口成章，林舉人深覺她胸懷才華，氣質雍容華貴、態度自然大方。便說只因屋後八角亭上聯，讓他無以為答，決心在此建屋苦讀，不答上對聯，誓不上京應考，坦白說了一遍。

少女起身離去時說：「十分敬佩相公心志，如蒙不棄，每晚前來伴讀，願助一臂之力。」

四

自此以後，這位美麗動人的少女，每晚深夜子時悄悄來到茅舍，第二天晨時前東方發白時欣然離去，夜夜伴隨林舉人苦讀，她笑談上下古今事，出口詩詞歌賦，她更巧妙地對林舉人旁敲側擊的導讀，她幫助他如何選讀修身齊家治國平天下的好書，導引他如何賦與文章的靈性等。每當他夜讀睏倦，她便敲打兩三下桌面說：「喂，林相公，你聽清楚啊！有兩個兄弟，自以為滿腹文章，攜手去找歐陽修比文，你猜猜看，是怎麼比的呢？」

林舉人立刻精神振作了，便說：「寫篇文章，請老師評比吧！」

「不是的，他兩人走出門後，沿河邊走邊評論歐陽修的文章：哥說：「人說歐陽修文章裡的文句最講求簡練了，聽說他寫〈醉翁亭記〉，首段寫『滁』這個地點，把東南西北環繞滁的山名都寫上，一改再改，為了簡練，只剩下『環滁皆山也』。哈、哈、哈……這個笨歐陽修，簡寫『環滁皆山』就乾脆俐落呀！」

走在後頭的弟昂著頭說：「歐陽修還有可笑的『文話』啦！他對門人說：『有一匹馬飛奔而過，在道路上把一隻狗踏死了』，請他們精寫，有位門人只用了八個字，歐陽修罵：『如果像你們這樣用字，一部二十四史又怎麼能寫完呢？』，他自以為很聰明地說

『逸馬殺犬於道』即可。哥，我把它精寫『道，逸馬殺犬』，比歐陽修高明多了！」

正巧，河對岸有兩隻鵝飛落水中。

哥說：「對岸兩隻鵝。」

弟接說：「乒乓飛落河。」

哥：「白羽浮綠水。」

弟：「紅掌撥青波。」

「哈、哈、哈………」

「哈、哈、哈………」

兩兄弟大笑後說：「我兩兄弟出口成詩，歐陽修再修一世也沒有這個高深的才華呀！」

到了碼頭上船時，哥說：「兩人乘一舟。」弟接說：「去訪歐陽修。」

沒想到兩兄弟後跟上一人，他高聲接吟：「修也不識你，你也不知羞。」此人就是歐陽修，一直跟隨兩兄弟身後。

少女說完了「比文」的故事後，林舉人夜讀的精神振作了；很顯然地，她是在利用機會導引林舉人讀書和做文章。有時，她評論古人詩，以幫助他進步。

林舉人在夜讀時又打盹了，少女循例敲打桌面說：「夜闌人靜，是讀書的好時光啊！」

他沒有理會她。

「再不努力，就來不及了！前晚我講兩兄弟與歐陽修『比文』的故事還沒有說完啦！」

林舉人立刻睜大了眼睛，精神振作了。

她接著說：「文句先求通順，把意思寫清楚；進而求簡練，把拖沓的雜文刪除，做到以簡馭繁。最重要的還要有『神來之筆』，筆下句句『神奇』，比如『環滁皆山也』，是可以把『也』字刪除，但連接下文『其西南諸峰，林壑尤美。』其中『其』字也可塗去。這樣兩刪塗，讀來不但沒有『文氣』，正像美人瘦硬，少了一分『風神』。就像韓愈的〈祭十二郎文〉如果把『吾年未四十、而視茫茫、而髮蒼蒼、而齒牙動搖。』精簡為『視茫茫、髮蒼蒼、牙搖搖。』便完全失去神奇的『文味』了。所以嘛，歐陽修罵兩兄弟『你也不知羞』，何況他兩兄弟的『鵝詩』是『童詩』呀！」

提到詩，林舉人兩眼閃閃地瞪著她說：「我最喜歡杜甫的詩，可否再評介一首？」

少女對林舉人談論詩文時，是知無不言，言無不盡，她立刻說：「杜甫有一首七言絕句詩：『兩個黃鸝鳴翠柳，一行白鷺上青天；窗含西嶺千秋雪，門泊東吳萬里船。』一二句和三四句分明是十分工整的兩聯，尤其四句都有數字，恰到好處地表現了詩的內容，好似一組四扇屏風畫。」聽得林舉人津津有味。她自己也常做做詩文導引他，她用姓氏組成一首詩：「魚游石孔秋江冷，柏成林叢夏岳高。」還用文言虛字做詩勉勵他：「吾人有志於詩途，豈可苟焉而已乎？然而正未易言也，學者知其所勉夫！」（二十八字中，用十七個文言虛字）。

在伴讀少女的循循善誘下，林舉人的道德文章，一年勝過十年寒窗快速地向前跳躍著；他英氣內斂，臉龐上佈滿了東方民族文人的書卷氣。

五

又到夜讀的時間，少女準時進入茅舍，她手握一把蠶絲網製的仕女用高貴手扇，扇上畫著一隻在河中仰頭張望、一隻站立在山崗上俯首凝視的一對鴛鴦，畫工精緻，栩栩如生。

林舉人起身長揖相迎：「妳昨晚的謎語，我猜著了，是蛇啊！」

少女笑盈盈地說：「我的謎語——蛇，吞掉你的謎語——蛙！」

「至於……」林舉人吞吞吐吐地說：「至於……『冬筍兒沒用……』就猜不著啦！」

她抿嘴笑了笑說：「書獃子！這個謎語，謎底只可意會，不可言傳，嘻、嘻、嘻……」

有謎面就應該有謎底，他癡呆地望著她。

她突然收斂了笑容，面帶憂愁地說：「相公！我今天要向你辭別了！」她不再叫他

「書呆子」。

「妳要到那兒去？」林舉人聽在耳裡像青天霹靂。

「這個……你不必問，但願後會有期。只因聽說相公胸懷大志，又有自知之明，為了一個區區女子的上聯一時無以對答，便日夜苦讀深造，實在是令奴家敬佩。」停了一會兒後接著說：「今日離別，不能久留，奴家奉勸相公，整裝上路，求取功名去吧！」

林舉人像斬釘截鐵直截了當地說：「不、不、不！我早已立誓，下聯沒對著，絕不赴京應考！」

「相公志比鐵堅，恕奴家不能再來規勸了，願你早登龍榜！」她說後深長一揖，準備離去。

「不！」林舉人伸手攔住：「整整一年來，姑娘雖說是伴讀，實為良師，怎麼……」說著、說著，潸然淚下，泣不成聲：「怎能丟下我一人，說走就走呢？」

「那……我把心愛的蠶扇贈送給你！」她把扇遞給他後，又說：「它代表我常伴隨著你！」

「恩師！容我這樣尊稱妳，請在扇上題字。」他取來筆墨，又把扇交還了她。

她在扇上振筆疾書：「與君一別萬里哀，香風縹緲付煙台；但願文思連天湧，皇閣朝元回鄉來。」

林舉人望著她在題詩，心裡依依不捨，急中生智，把一根剛才正要縫補衣服的針，輕輕地刺牢在她的裙邊，讓線團在地上滾動……

他指著扇上的兩隻鴛鴦疑惑地問：「為甚麼這兩隻鴛鴦一在河中，一在山林，沒有依偎在一起呢？」

「一在遊水，一在玩山；一在高處，一在低地；一在天上，一在人間。」她說後深情地望了林舉人一眼後，黯然離去。

六

第二天破曉時分，林舉人起床後，沿著線團從地上拖行的痕跡搜索前進，從茅舍後面繞過八角亭，再從八角亭延伸到那座小墳，線痕就不見了。於是，他恍然大悟，原來伴讀的女子就是墓中人才女金姑，回想一年來彼此相處的情景，情不自禁地手扶墓碑，嚎啕痛哭，跪拜誓言早日悟出下聯，趕赴京城應考，不負恩師期望。他茶飯不食的坐在八角亭前，凝視上聯不停地叨念著，心靈空虛得像是可以裝進整座芝山。

伴讀女子不再來茅舍了，林舉人夜讀枯燥乏味，夜黑便睡在床上，輾轉反側，久難成眠，似睡非睡中，聽見吹來一陣秋風，掀動檐前掛著的鐵馬（方言，鐵打的風鈴片），發出來叮噹叮噹的響聲，不覺脫口吟一句：「窗前鐵馬，招風夜夜驚。」他高興得從床上跳了起來，隨手將它寫在紙箋上。第二天，他把這下聯帶到山下和文友們共同研究，大家都稱讚是絕妙下聯。府署縣衙官員得悉，也紛紛評定此句與上聯是絕配，行文府學教諭宣講，並請石匠把下聯雕刻在八角亭的空柱上。林舉人十分高興，備齊三鮮祭品，在小墳前拜謝恩師後，便匆匆束裝北上京城應考。當他進入考棚後，文如清泉噴出、詩似琴聲吟唱，主考官十分讚賞，皇榜上他名列前茅。

衣錦榮歸時，他路過錢塘，住宿驛站。半夜，遠處飄來幽幽歌聲，十分委婉，仔細聽來，那聲音似曾相識：「與君一別萬里哀，香氣縹緲付煙台……」他東張西望後，立刻派人去打聽吟唱人家，很快就知道是位告老回鄉的梁老爺，吟詩的人就是他的小姐。

第二天，林舉人專程拜訪，梁老爺聽說他是漳州府的第一名新科進士，想起當年在漳州任上的情景，尤其懷念遺葬在那裡的金姑，對漳州來拜訪的人最是親切。

林舉人直截了當詢問昨晚吟詩的人，梁老爺爽朗地說：「她是老朽女兒，不久前從漳州回來。」

林舉人遞上蠶扇說：「她吟唱的那首詩，與晚輩扇上的題詩相同，莫非……」

梁老爺接扇後，驚訝地說：「此扇為我大姑娘金姑持用，扇上鴛鴦也是她遺留的筆墨，她臨終前交二姑娘銀姑保管。呀！扇上題詩，是銀姑手跡，你這扇從何而來。」

林舉人把一年來深夜苦讀女子陪讀的情形詳細說了一遍，梁老爺捋著鬍髭說：「人死豈能復活，去年老朽卸任回鄉，二女兒不肯同行，留在漳州為其姊守墓一年；她兩姊妹情逾手足，同一個模樣兒也同一個乖怪的性格，非自己選擇賢能便不嫁……」

沒想到府上丫環聽到林舉人的述說後，已經入內告知了二小姐，她匆匆趕來客廳，欣喜地叫道：「林相公，恭賀你金榜題名。」

林舉人仔細瞧看，她正是伴讀的女子，只是長得更加玉潔雪白，勝似幽蘭初開，起身長揖，叫了聲「恩師」後說：「承蒙循循教導，不才愧未報答。」

她回了一揖後說：「林相公說那裡話，若非志堅苦讀，焉能一鳴驚人！」

梁老爺把二小姐拉到一旁問：「莫非是妳伴他夜讀？」二小姐抿嘴微笑。

接著，梁老爺責怪二小姐：「蠶扇是妳姊生前心愛之物，自畫鴛鴦，一在天上，一在人間，妳怎可轉贈給他人呢？」二小姐仍然是笑而不答。

七

當天，林舉人留在梁府，梁家以晚宴熱情地接待這位貴賓。席間，當銀壺飛香，玉盞含光，酒意微醺時，梁老爺說：「林大人，你與小女既然已相識，且有段夜讀和送扇的前緣，老朽意欲替小女作主，招你為婿，不知林大人可願俯就？」

林舉人當然是求之不得，當即起身答允，並將蠶扇上的詩朗誦一遍後，翻過背面附和一首詩：「皇閣朝元今歸來，錢塘遇師情滿懷；白扇常記當年語，琴瑟和鳴上瑤台。」寫罷欲將扇送給二小姐，沒想到二小姐婉言拒絕說：「林相公儀表莊重，超群詩文，風骨傲挺，令小女子十分敬慕，只是今日只可訂親，不可完婚。這是因為家姊生前曾出一怪聯，讓小女子作對，至今仍欠文債未還，林相公如能幫忙對上，花轎立可迎娶。」

「甚麼對聯呢？」

「『春讀書，秋讀書，讀書秋』。第一、二句的首字必須變義，放在第三句末尾，請作下聯！」

「這……這……」林舉人「這」了許久，對不出下聯來，急得額角滴汗，便說：「不才明白了，恩師意在鞭策在下不要皇榜題名便停步苦讀，對上了八角亭的對聯便洋洋得意地自大自滿，應該力求百尺竿頭更進一步。不才回鄉上任後，一定加倍用功，練就出口成章，對答如流的才學，早日將迎親聯快馬飛送錢塘。」

（全文完）

作者說明：本篇小說依據漳州民間故事撰寫，林舉人是否有下聯飛送錢塘？沒有傳說下來，不便畫蛇添足。但，漳州人流傳一句「送扇無相見」的話，至今情人以送扇而斷情，而列為「拒絕往來戶」。

女兵隊長——野人山悲慘的故事

女兵隊長廖湘玲率隊到達野人山入口處時，她抬起右手背擦拭著臉上的汗珠後，望著野人山陰森森的林叢深處，突然驚嚇得打了個寒顫，她快速閃身到路旁，面對緊跟隨在她身後的童雅蘭說，妳在前頭領路走，我等後隊通過看是否有姐妹掉了隊。接著，她又大聲對全隊說進入野人山後，大家別害怕，前頭有步兵團開路，後衛有師的直屬部隊緊緊跟隨著。

於是，女兵隊長從身高體健綽號大洋馬的童雅蘭開始，每從她身邊走過一個便拍著一個的背說，野人山絕對沒有比像獅吼虎嘯的大砲聲更可怕，唯一要求的是前面一個女兵用綁腿布牽著後一個走，後一個再牽著後一個走……絕不可以鬆手掉了隊。女兵隊長說完了她的規定，拍到最後一個入山的女兵，她已經心算清清楚楚，總共是四十五個木蘭，一條胳臂都沒有少。

遠在一九四二年初夏，中國遠征軍像猛虎出柙似的進入緬甸，痛擊日軍後，準備在南部重鎮曼德勒會戰，沒想到英軍見日軍援軍趕到，不戰而棄守曼德勒城，悄悄撤離戰場，致使整個會戰化為泡影，而日軍又無聲無息地奔襲成功，佔領了緬北滇緬公路北面的門戶臘戍，斷絕了遠征軍回國的後路，逼迫這支風風虎虎的部隊，走進陰森森的野人山。

進入野人山後的第二天中午，利用午餐時間，廖湘玲隊長大聲向全隊女兵宣讀師部頒發的油印資料，現在部隊進入野人山，先將野人山做個簡單介紹：野人山橫隔在中印緬三國交界處，縱橫千里，全山被密密麻麻的原始森林覆蓋著，不見天日，三尺外看不見彼此身影，是地球上人跡罕至的「黑三角」、「百慕大」，是名副其實人間的「絕域」，是我不入地獄的「地獄」！聽到「地獄」，女兵們都放下了碗筷，目光都集中到了隊長臉上。女兵隊長停了停，用右手拍了拍前額後再接著讀資料：野人山保有最原始，最古老的生態，高聳入雲的熱帶喬木，密密實實的灌木，深長柔軟的野草，到處亂攀的古藤；還有比日本人的飛機大砲更可怕的是野人山裏毒蛇橫行，猛獸穿梭，一段古木，橫在身前，別貿然去踩它，它很可能是條力大無窮的巨蟒，你如果觸動它，它可能翻過身來，把你活活纏死；一簇鮮花，長在樹旁，你可千萬別去碰它，它很可能是一朵純白色五瓣的「五步倒」，沾上它，走不了五步，人就會倒下去……

女兵們都聽傻了眼，眼神呆呆地瞅著女兵隊長。她接著宣讀：還有最可怕的是野人山裏大如蜻蜓的巨蟲，它們像一群群黑壓壓的日本「零式轟炸機」，飛動時發出嗡嗡的鳴叫聲，偵察、盤旋、俯衝，向一切流著血液的動物實施地毯式的轟炸，巨蟲的嘴是一根又黑又長像護士的注射針一樣的吸管，蚊毒有劇烈麻醉作用，人被它咬後在昏迷中不知不覺死去……

女兵隊長抖了抖手中的油印資料後，再接著讀下去：野人山裏還有最恐怖的野人，他們過著茹毛飲血，刀耕火種，鑽木取火，結繩記事的原始人生活，他們全身黝黑，結實如獅虎，敏捷像猿猴，男性全身赤裸，僅用一小片樹皮或草葉遮蓋下體，女性也僅用一件小裙繫在下身；男女都披頭散髮，手執緬刀，穿山越嶺，如履平地，他們屬於緬北喀欽族人……女兵隊長說完後，憤怒地把油印資料撕扯了個爛碎，丟在地上後，還狠狠地跺了兩腳，然後昂著頭兒說：諸位姐妹們！聽了以上野人山裏的毒蛇猛獸和兇悍的野人後，妳們是心驚膽怕，還是不驚不怕呢？

沒有獲得回答。

用餐，用餐！邊吃邊聽我說：諸位姐妹們！人為萬物之靈，唯有人主宰萬物，萬物都為人役用，沒有人怕毒蛇猛獸的道理；具有高度進步文化的人，更沒有理由害怕原始的野蠻人！我們進入野人山後，必須以面對日本人作戰的信心和勇氣，去應戰野人山裏的牛鬼蛇神！快快用餐，餐後繼續前進吧！

工兵用緬刀和圓鍬、十字鎬等在前頭開路，女兵們胸部繫著綁腿布，讓身後的人緊緊牽拉著，一個綁一個，一個拉一個，每天行軍的速度只有三至四公里。七天以後，師部命令收繳每個士兵隨身攜帶的戰備用糧，每天每人分發一碗米，喝稀粥填飽肚皮。再三天後，戰備糧吃光光，在前頭領路的女兵大洋馬童雅蘭一個接一個傳達師部命令，打從今天起全師官兵「自謀生活」。女兵隊長在進山時，早預料到餓肚皮的事，利用中午女兵席地而坐休息時對全隊說：姐妹們！從現在開始，我們必須向不見天日的野人山作戰，我在貴州安順軍醫學校受訓時，曾讀過一本介紹美國西點軍校的雜誌，其中特別介紹該校的「獸營訓練」，它就是把人當作獸類訓練的場所，以便適應叢林作戰自謀生活的需要，也就是部隊在斷絕供應時，士兵要自己尋找食物，叢林裏有食之不盡的食物，譬如吃蜘蛛、吃蚯蚓、吃螞蟻、吃蟋蟀、吃蝴蝶、吃飛蛾、吃蚱蜢、吃蝗蟲、吃螳螂、吃湖蠅等，天上飛的，地上走的和爬的，全都可以吃下肚裏，雖然我們沒有經過獸營的訓練，我們必須先試著吃！女兵隊長剛報告完畢，供應女兵隊膳食的師部連，派人送來了一大包手掌大的血紅血紅的肉塊，分給每位女兵一塊，女兵們還沒接到手，異口同聲地尖叫了起來，這個怎麼能吃呢？女兵隊長大聲說，這個是上等食品，不能嚥下嘴去的，收藏在口袋裏，餓極了時，比海參、燕窩更爽口啊！接著，她自己拿了一小塊，先餵進嘴去。

第二天，又送來了每人一塊鮮紅的肉，第三天，再也嚐不到肉味了。先前放在口袋裏的肉，大家都向嘴裏塞，果然是很「爽口」，女兵隊長心知肚明，這都是師長命令宰殺騾馬的肉，當騾馬皮都啃吃完了後，飛禽、走獸、爬蟲，只要能獵殺和捕捉到的，都往肚裏填，樹皮和草根也得嚼食。

女兵隊長不斷地鼓勵隊員，生命全靠信心來支撐，野人山比兇悍殘酷的日本鬼子更千百倍的兇險殘忍，此時此地我們要想活著走出野人山，平安返回祖國，必須先堅強自己的信心，抱定置之死地而後生的決心。

深夜，師部連張連長，悄悄來到女兵營地，拉著女兵隊長的手往叢林裏的一塊空地走去，張連長是陸軍軍官學校畢業，年輕英俊，古銅色的臉龐上，塞滿了東方民族的自然美，他兩人是小同鄉，從小就憑媒婆介紹，由兩家父母訂終身婚約。去年，遠征軍在湖南邵陽招兵買馬時，張連長是招考官之一，男兵是來者不拒，女兵是百中選一，除了具備能歌善舞和醫務等專長外，必須身高一六五公分以上，體健貌美，像入山後擔任前頭領路的大洋馬童雅蘭，她除了身材高大外，兩隻碧清的大眼睛，畢挺標緻的鼻子，清潔亮麗的蛋臉上，顯露著女人的高雅氣質。出國前在廣西集訓時，負責紃練的師部凌作戰官，伸手摸了她臉蛋，被她一個耳光打得頭昏腦暈。其他女兵，當然也是女中的木蘭。

張連長拉著女兵隊長的手，轉個彎，把她帶到叢林深處的一塊小空地上，指著正在熬煮的一小鍋稀飯粥說，快，快先吃一碗，填填肚皮子。女兵隊長十分驚訝，此時此地，天上不可能掉下米來熬煮啊！張連長告訴她，前回戰備糧上繳時，他要伙伕班長偷偷留下來一小袋，接著，煮飯的伙伕班長，端著盛滿軍用鋁碗的稀粥，遞給女兵隊長，請她坐下食用，她不肯吃，問張連長連裏的官兵可有分吃？他搖頭，她說不吃，還指責他偷竊軍糧，是不服從軍令，對長官不忠；當全連官兵都在餓肚皮時，為人長官的連長，不能苦兵之苦，自己偷偷享受粥飯，對部屬是不仁不義。她是女兵隊長，如果喝下這碗粥，也同樣是不仁不義，如何再有臉站立在女兵姐妹們的面前呢？她說後，轉身向自己營地走去，接著，又轉過頭來，向正在呆立的張連長說：我只不過是軍醫學校護士班畢業，只受過六個月的軍訓教育，也只讀過《曾胡治兵語錄》；而你這個大連長，是黃埔學生，你今晚偷煮粥吃，愧對你的校長蔣委員長，從今天以後，你走你的陽關大道，我過我的獨木橋！

女兵們都不敢生吃地上爬的「野味」，便不得不嚼樹皮和草根，以便填飽肚皮。

夜晚宿營時，女兵們以蕉葉做帳篷，五人一帳，彼此緊緊摟抱在一起，以防野人和猛獸的偷襲。當夜幕低垂，大家都在饑餓難寢時，突然有個女兵尖叫了一聲，便被揪出了蕉棚，女兵紛紛爬出棚外，朝天放了好幾槍，人早已不知去向。第二天清晨，被抓去的女兵，脫光衣服懸掛在一株大樹上，她的雙乳被咬爛了，顯然是被野人強暴後遺棄。從此次不幸事件後，每晚宿營時，師長命令師部連官兵，環繞女兵蕉棚搭帳，以保護女兵安全，並口諭師部連張連長，如果再發生被野人姦殺，或因其他不該發生的事件而少了一個女兵，唯他張連長的腦袋是問！

深夜，有個女兵正在蕉棚哭泣，女兵隊長爬了進去，她肚脹如鼓，可能是摘食了有毒草葉，她伸手緊抓住女兵隊長的手，微弱的話音像蚊叫：媽媽！我好想念妳，好想妳！我要回家，我要回家啊！媽媽，媽媽！接著，她從口袋裏掏出來一支牛角骨製作的女用髮梳，交到女兵隊長手上說：廖姐姐，把這個交給我娘！它是我娘的陪嫁品，我偷跑離家時帶走的……女兵隊長說，妹！妳我兩家都住在青石街，快振作精神，我兩人一道從軍，一定要一道回家！姐！我不行了！我……我要回家了！我……我……要回家……媽……媽啊！我回……來了……我看到……我娘了……

當晚，這個女兵回到她母親溫暖的懷抱了，女兵隊長像對待其他途中死亡的姐妹一樣地撿來些枯草葉，掩蓋在她的身上，然後再向她敬了個軍禮說：我會永遠懷念妳，妳安息吧！

一天中午，一個女兵突然尖叫了一聲「救命！」，其他的女兵跟著有氣無力地呼叫著：蛇，蛇！女兵隊長快步向前，驚見一個女兵被一條大蟒蛇綣纏著。女兵隊長奮不顧身撲了上去，拔出隨身攜帶的軍刀，在大蟒蛇的頭上猛刺了三刀，大蟒蛇鬆了綣，女兵們立刻對被蛇纏的女兵施以人工呼吸，因她身體虛弱，回天乏術了。

女兵們被毒蛇咬死，食毒葉草肚脹身亡等意外死傷的悲劇，每天都在接連不斷地上演著，女兵隊長欲哭無淚。

行行復行行，爬爬再爬爬，六十多天的野人山求生戰，死傷了多少官兵，誰也無法詳細統計，因為天天都在傷亡中。最讓師長頭痛的是僅有的一台無線電發報機，它是最新式的美援裝備，每天對外試著通話時，除了嗶嗶兩三聲外，便像死人一樣地不再有呼叫聲。女兵隊長除了專業護理工作外，也曾率領三、五個女兵，在電台從事譯電和發報工作，她也想不出來發報機為什麼入山後發生故障的原因。一天清晨，師長來到無線電台，要求再次架線向重慶連絡，正巧順道慰問女兵隊，女兵隊長突然腦海中靈光閃動，她報告師長無線電發報機可能生病了，師長問：它病了！甚麼病呢？女兵隊長只是隨便回答：叢林風濕病！師長留學法國聖西爾軍校六年，精通英法語，而且熟習無線電等通信器材，他聽了女兵隊長的話後，立刻展露瘦小的笑臉說：對了，發報機不通，一定是進入叢林後受到了潮濕。他立刻命令師部連士兵，割草砍樹割砍出來一塊空曠地，指揮無線電台人員，將發報機一件接一件地拆卸，再擦拭乾淨，在空闊地的陽光下暴曬。緬甸的太陽熾烈，不到半個小時，發報機便微微燙熱，再順序裝合了上去，沒想到立刻接通了重慶委員長的話，最重要的是收到了一則讓這個師沒有全軍覆滅的命令：南下印度向盟軍參謀長史迪威報到！如果再北上回國，至少還有六百公里的野人山路，師長也難免餓斃；南下印度，每日行軍

三、五公里，也只不過是二十多天的行程。

第二天，美軍的三架大型運輸機，飛臨野人山上空，除了丟下三部最新型的無線電發報機外，乾糧和汽水，一箱接一箱地扔了下來，一個師的官兵食用綽綽有餘，但這許多食物，絕大多數丟落在士兵們沒有力氣鑽進出的，密不通風，藏匿著蛇蝎的叢林深處，杯水車薪，士兵們仍然免不了以草根樹皮充饑。

二十多天後，全師走出野人山時，人事科長在出山口清點人數後，他向躺臥在擔架上的師長報告：全師入山時官兵總計九千八百七十五人，出山時是三千一百二十一人。師長默默流下來大堆淚水，他在緬甸與日軍苦戰兩月，傷亡不到一千人，要不是英軍偷偷撤退，不會有今天野人山的傷亡。師長問：女兵呢？女兵犧牲最慘，人事科長結結巴巴地說：女兵……女…兵……女……身體虛弱的師長坐了起來：快說！人事科長不敢隱瞞：四十五個女兵入山……女兵隊長帶了三個女兵出山！師長說：我命令師部連保護女兵隊，張連長呢？叫他來見我！人事科長回報：他沒有出山來！

這時，從印度藍姆伽營區派來接運官兵的美軍中校連絡官，向師長報到：二十一輛吉普車，一百二十輛紅頭軍用大卡車，請師長分配官兵上車。接著，他補充說明：另有一輛懸掛一顆金星的將軍車，是史迪威將軍特別為師長準備，已命令沿途軍憲警見車行禮致敬。

師長聽完報告後：命令兩個美軍攙扶著站了起來說：扶我去見女兵隊長，走到躺在路旁的四個女兵身前時，他緊握著女兵隊長的手說：妳真勇敢，從野人山帶出來了三個女兵，三人為伍，仍然是支女兵隊伍，我委任妳做永遠的女兵隊長！披頭散髮，面黃肌瘦，皮包骨頭的女兵隊長，使盡了氣力，牽動嘴角的條紋，看不出來她是想笑還是在想哭。

接著，師長以英語命令美軍連絡官：請馬上用接我的吉普車載女兵去藍姆伽軍醫院檢查休養，我必須在這裏守候三天，一直等到沒有官兵再出山來。

美國大兵把四個女兵抱上懸掛將星的吉普車，向藍姆伽營區急馳而去，車後揚起一陣接一陣的塵沙；當先頭的塵沙煙滅，後來的塵沙又飛揚了起來。

（全文完）

大伯父

一

每當夜闌人靜時，大伯父那粗眉大眼聲音宏亮的形象，常常在我腦海裡浮現著。也許是我年紀大了，一生庸庸碌碌，正如大伯父所說「愧對老祖宗」；至少，我是愧對大伯父。

大伯父除了個兒高大外，在三十年前我們這個「十分古老」的大家庭裡，他握有無限大的權力——應該說是權威。他的每一句話，像是古代皇帝的金口玉言，我們全家上上下下都得唯命是從。

那時候，我才十一歲，是大伯父的「待從」，他走到那兒，我便替他扛著那根二尺多長，上細下粗，倒置像手杖的大竹煙桿；在他要吸煙的時候，我除了把煙桿恭敬地遞上去外，還必須替他點火。記得在我過十一歲生日時，他一面吸煙一面噴著煙霧對我說：「麒兒！今天是你的生日，我封你為『鳳陽侯』，賜號『大頭』，做為生日禮物，你看如何？」

「大伯父！我不懂甚麼是『鳳陽侯』？還有？……」

大伯父搶著我未完的話說：「再過九年，鳳陽山就是你的了，我封你做『鳳陽侯』，錯不了；賜號『大頭』，更是名正言順，你不僅是我們張家『先』字輩的『頭兒』，而且是個大大的頭兒啊！」

咱們張家村後，有座大約標高五百公尺左右，周圍有五、六華里大的鳳陽山。老祖宗有個傳統的規定；每一字輩的長孫，在二十歲時，負責管理鳳陽山，但，有個附屬條件，便是必須婚娶。因此，咱們張家「人丁興旺」，就因為大家早婚，大家都希望早生「長孫」，好接管鳳陽山。

鳳陽山雖不甚巍峨，出產卻很豐富，山之南是枇杷林，每年枇杷成熟時，半山黃澄，耀眼生輝；山北則盛產甜美的「鳳陽梨」，年年外銷附近市鎮，村民爭相購食，除了每年有這兩大宗的豐收外，山中出產青花石及檜木等，都是上等建築材料。每年鳳陽山的收入，由長孫繳交「導昇學堂」，以供張氏子孫，人人有書讀，人人能實踐祖訓。

每想到鳳陽山，便聯想到老祖宗的智慧，足可以使百世以後的子孫，永遠懷念著他。

我生而有幸，做了我們張家的長孫，正像大伯父所說，我在弟妹中是大大的頭兒，而且將來也要像大伯父一樣地具有無限的權威。

大伯父最寵愛我了，大概有兩個原因：一、他將來必須把鳳陽山移交給我，我要是不能守住祖業，他便愧對老祖宗了。二、他擁有六千金，卻沒有接代的掌門人，他曾直截了當地告訴我父親：

——麒兒過繼給我了，以後你別過問他。

——我……

大伯父立刻兩眼像探照燈似的直盯著我父親說：

——你沒有話可說！

父親只得和顏悅色地說：

——是，是的！大哥，全由您作主吧！

——當然由我作主啦！我在百年以後，要堂堂正正地進入鳳陽山的祖墳，便必須麒兒替我披蔴掛孝……

我們張家有個「玉律」，不管生前對鄉里有多大貢獻，要是死後沒掛孝的兒子送喪，便不准葬身祖山，只能埋在亂葬山裡，一年四季，任由牛羊踐踏；但，有個過繼的侄兒，甚至「一子繼兩房」，便可「名正言順」了。

自從大伯父在生日宴上宣佈了我的「封號」後，在我們家，「大頭」的名號響叮噹的，誰也不敢再直呼我的乳名兒，大伯父自己也不例外。

二

那年，枇杷成熟前一個月，從城裡頭來了一個水果商，他轉動著一對炯炯發光的大眼睛，和大伯父在客廳裡談了大半天後，大伯父才吩咐我：「大頭！扛著煙桿，隨我們上鳳陽山去！」

我們進入了鳳陽山的枇杷林後，大伯父才對我說：「大頭，今年可沒枇杷吃啦！我把枇杷林今年的出產全賣給這位城裡來的伯伯了，你樂意嗎？」

大伯父要出賣今年枇杷的收穫，不必和爺爺奶奶商量，卻問我是否樂意，我又能說些甚麼呢？正在我猶豫不知道如何回答時，大伯父緊接著說：「大頭，你快說呀！我好和這位伯伯做最後決定。」

「全由大伯父做主！」我恭敬地說。

「真沒出息！」大伯父第一次對我顯露不悅：「快像個大人模樣兒了，還像你老子一樣，拿不出自己的主張來！」

如果像大伯父所說，我快像個大人模樣了，只是他「望子成龍」心切而已。因為在我心目中的「大人」，必須像大伯父一樣有根大煙桿，而我呢！比大伯父的大煙桿高不了多少。

大伯父不再理會我，轉頭對水果商說：「我說崔兄，我留下身側這株大枇杷樹，其餘的今年全歸你收穫。」

「老大！又何必再留下一株呢？」

「我這寶貝兒子！」大伯父用手指著我說：「他嘴好饒啊！」

「老大！」水果商親切地叫著大伯父：「你這話就太見外了，我雖然全買下了，到了枇杷成熟時，你們全家都可來枇杷林……儘管吃吧！」

「不，崔兄，咱們一是一，二是二……」

「既然你老大這樣說，咱們就一言為定，你留下這株枇杷樹，其餘的全歸我收穫，到下回摘採時，由我給你『大頭』八十個，你說怎樣呢？」

「就這樣『一言為定』！」大伯父拍著水果商的肩膀說，特別把「一言為定」提高了聲調。

沒想到枇杷成熟時，水果商竟「黃牛」了，使我們家滿林滿樹熟透了的枇杷，像斷了線的串珠，從樹梢上滾滾掉落。

爺爺急得直跺腳，對大伯父瞪著眼睛說：「你這件賣枇杷的事……」

大伯父立刻拉長著臉孔說：「爹！我這件事，百分之百沒有錯；因為我和他是『一言為定』的呀！」

爺爺看大伯父臉色像是嚴霜似的，便立刻緩和了語氣說：「『一言為定』是錯不了的，不過，要是他在枇杷掉光了，還是不見他人影，咱們可損失大啦！」

「爹，您這話可錯了！損失大的是他，而不是我們！」

「他一毛也沒拔，又有何損失呢？」爺爺不解地問道。

「咱們只不過是爛掉了半山的枇杷，才八十塊錢；他呢，丟了一生的人格——說話不算數，爹，您說，誰的損失大呢！」

爺爺不再作聲，轉身走回了他的臥室；在我看來，可能他是理屈了。

在爺爺走後，大伯父才對我說：「大頭，剛才我的話，你句句聽在耳裡了？」

我點了個頭。

「那你認為誰的損失最大呢？」

「當然是那位崔伯伯了！」我毫不考慮地說：「他不是人，是人，便說話像雷公爺爺，靈驗得很！」雷公爺是我們家鄉的神，有求必應，能「治」百病。

「好！大頭，你說得真好！」大伯父臉上綻開了笑容：「走！大伯父帶你上鳳陽山巔去！」

三

在鳳陽山巔，用青花石堆砌成的老祖宗的墳墓，就像是座能俯瞰全山的小碉堡，在它的四週，整齊地排列著我們張家的祖墳。今年清明節，大伯父帶我上山掃墓時，這些祖宗們的名字，就像是我在學堂裡最頭痛的難題，大伯父硬要把他一題接一題的塞進我腦海裡去，幾乎使我的頭被塞裂了。在下山的時候，大伯父問我：「祖宗們的名字都記住了？」

我點了個頭。

「我先問你，老祖宗叫甚麼名字呢？」

「他叫導昇公。」我就讀的學堂，即是以老祖宗的名字命名，要是不知道，那真是「數典忘宗」了。

「好，好極了！」大伯父牽動著那大力士也難以推動的笑紋說：「那麼，我再問你，曾伯祖父的大名呢？」

「他……他……他……叫……」我羞赧著臉，「他」了老半天，也「他」不出名字來，心裡正在害怕大伯父會突然把臉上的笑紋，像收藏「大頭」似的，收進他胸前那寬大的衣袋裡去。

「哈，哈，哈……」沒想到大伯父竟仰頭大笑著：「記得老祖宗的名字，就不愧是我們張家的好子孫了！」

現在，大伯父突然又要帶我上山巔去，我猜定百分之百是要我去默記那些祖宗的大名，今天可要把腦門兒洞開，讓它塞得滿滿地，一個也不讓他們溜跑了。

我緊隨在大伯父的身後，在走過枇杷林的時候，那些正在不停地掉落的枇杷，它們就像是我那橡皮彈弓上的小圓石，每一個小圓石都彈打在我的心田裡，使我心痛極了。

大伯父卻踏著輕鬆的腳步，對那些掉落的枇杷，像是不聞不問的。突然，他轉過頭來問道：「大頭！今年的枇杷，你可吃夠了！」

「大伯父留下來的那株枇杷樹，我都沒吃完啦！當然是吃夠了啊！」大伯父不准弟妹們進入枇杷林，我一個人吃一大株的枇杷，當然吃不完啦。

「沒到別的枇杷樹上？……」

「賣給別人的枇杷，我才不吃哩！」

「為甚麼？」

「大伯父！是您說過的——『吃人家的嘴軟』，我為甚麼要吃別人的呢！」

「哈，哈，哈……」大伯父仰頭大笑後，高興得轉身把我抱了起來，直往山頂狂奔。

一直走到老祖宗的墳前，大伯父才停住了腳，他一面喘著氣，一面把我放在墳前的一塊大青花石上說：「我們先休息一會兒吧！」

休息過後，大伯父竟跪在老祖宗的墳前，連磕了三個頭；我也只得跟著跪下，跟著磕頭。

之後，大伯父面對老祖宗的墳墓說：「老祖宗，我今天特地把您的第九代長孫帶上山來，要在你老人家靈前把你囑咐子孫們的兩大誡律，轉告給他讓他終身奉行。」接著，大伯父轉頭望著我說：「大頭，你豎著耳朵聽著吧！老祖宗的第一則誡律是：『寧可賣力，不可賣地』；第二則是：『小背時，養鳥；大背時，討小。』你記住了嗎？」

我點了個頭。

我記是記住了，但完全不瞭解其中真義，便兩隻小眼睛疑惑地瞪著大伯父。

「走！」大伯父站起身來：「咱們回家去吧！」

我跟著站了起來，但內心卻充滿了疑問，大伯父為甚麼今天帶我上山來？難道就為了這兩則老祖宗的誡條？

在下山的時候，大伯父對我說：「大頭，我猜你不會懂這兩則誡條的意義。……」

「對！大伯父，尤其是第二則」

「好，大伯父替你解釋！」

大伯父的解釋是這樣的：

一個人的精神和力量，是用之不竭的；祖宗的田地，要是賣了出去，便很難再把它買回來，所以，寧願賣力來保護祖產。尤其是鳳陽山，是老祖宗安葬之地，不能賣了「祖宗」啊！這也是老祖宗預防子孫出賣了他葬身之地的唯一誡律。養鳥的人，整天端著鳥籠，撩著長衫，懶散成性，便惰於工作，終至於一生不能振作，這樣的人，當然是小倒楣（背時）啊！男人負有養老婆的責任，女人和小人最是難養了，養一個老婆，便整天氣喘不停，再討個小老婆，那才真是倒了大楣。

「所以，」大伯父在解釋完了以後，兩眼直瞪著我說：「大頭，你要牢牢記住，第一，老祖宗的鳳陽山不可以賣，第二，不養鳥，不討小老婆！」

我點了個頭。

四

那年陰曆五月中旬，鳳陽山上的枇杷，早在一個多月以前就全掉落光了，萬沒有想到水商商崔伯伯突然來到我家。

大伯父在客廳接見他，他兩隻像鷹一樣銳利的大眼睛，發射著噬人的光芒，緊盯在崔伯伯那肥大的臉龐上。

「老大！」崔伯伯熱誠地叫著：「不幸家母病故，守喪『七七』（即四十九天），致未能踐約，深感歉疚，特趨府道歉。」崔伯伯雖是商人，說話倒是文謅謅的。

「既是令堂仙逝，此些小事，何足掛齒，快請坐！」大伯父立刻收歛了噬人的眼光，和顏悅色地說。

崔伯伯在坐定後，從他背上的褡褳子裡，取出來了銀光閃閃的八十塊大頭，遞到大伯父的手上：「謹奉上枇杷款八十元，敬請笑納！」

「不，不，不！」大伯父連搖著手說：「枇杷全落地腐爛了，我怎能收款呢！」

「枇杷腐爛當然是我的損失；但，我如不踐前約，則人格掃地，兩相權宜，當以人格為重。」

「這……這……這……」倒使大伯父難以處置了，沒想到他竟朝我問道：「大頭！你看這件事該怎麼辦呢？」

八十塊大頭，在當時可購買四十石穀子，是個大數目；我覺得應該趕快把它收下來，收到大伯父的大錢櫃裡去，但，大伯父卻偏偏拒收。他拒收，我要是說收，可能得不到大伯父的稱讚；便只得這樣說：「大伯父，我們收他一半罷了！」

「對！」崔伯伯立刻拍著我的肩膀說：「你這位小弟弟好聰明，給你大伯一半，另一半就算是我送給你的。」

「幹嘛！要送我一半？」

「咱要和你這位小弟弟交個朋友呀！」

「我說崔兄，」大伯父接著話頭說：「你既然這樣誠懇，便恭敬不如從命，兄弟我全收下了；咱們再『一言為定』，明年枇杷林的收成全歸你崔兄，咱交你這位朋友是交定了。」

「哈，哈，哈……」

「哈，哈，哈……」

他兩人仰頭大笑不已。

從此以後，崔伯伯年年來我家收買枇杷；他和大伯父成了金蘭之交；第二年，我和大伯父去城裡崔家作了半個月客，崔伯伯帶我參觀了東門外的九層大寶塔呀！

也從此以後，大伯父決定的每一件事儘管它是像「太公釣魚」，明知是落空的——大伯父做事很落實，當然不會妄做主張——我們全家上下都會舉雙手贊成，全心全力奉行它。

五

咱們張家還有一個「玉律」，子孫們的排行，是以堂兄弟合併計算的，像我父親在兄弟中是「二弟」，卻排行為「老三」，而三叔則排到「老八」了。據說這也是老祖宗的遺囑，因為這樣排行，往往排到「十八弟」，可以炫耀咱們家「子孫眾多」，鄉里鄰居不敢輕易欺侮。

二祖父的大兒子慶軒，我們侄輩叫他五叔，仗二祖父生前的餘蔭，在抗戰初期，開設了一家擁有數十員工的染織廠，自行染織黑白土布，外銷鄰近各縣市，只三年時間，究竟買了多少田地？他自己沒有統計，全由他的二弟僱用長工耕種。在周圍八十里內，張慶軒的大名，婦孺皆知。

是那年臘八前一天的下午，五嬸哭得兩眼像兩朵紅花似的，兩手牽著一對像天使般的兒女，突然來到了我家，見了爺爺和奶奶，便立刻雙膝跪了下來：「三叔、三叔母，求您倆老作主……」

「五媳……看妳……這是……快……快起來！」奶奶把她扶了起來。五嬸起立後，黃豆大的淚珠兒，滾滾而下。

「有甚麼事呢？快告訴三叔！」

「老五……他……他帶回來了一個小妖精！」

「有這等事！」爺爺氣憤地說：「看我去打斷他的兩條狗腿子！」

爺爺說後便氣沖沖地走出了大門，但沒過兩分鐘，便垂頭喪氣地折了回來。

大伯父在庭前用斧頭劈柴，我替他把劈好了的柴，一塊一塊地搬進西廂的廚房去。對五嬸的事，我全看在眼裡，大伯父卻全神貫注斧頭上。

爺爺走回奶奶身側後，奶奶卻對他不屑地說：「哼，已身不正，焉能去正人呢？」

爺爺垂頭坐在大靠背椅上，不再作聲。

奶奶立刻附著五嬸的耳朵，說了一大堆話，五嬸不停地點著頭。

接著，五嬸拉著一對天真的兒女，走到大伯父的身側雙膝跪了下來：「大哥！求您幫助，你五弟越來越不像是有兒有女的父親了……」

大伯父連瞧都不瞧她一眼，依然是把兩隻大眼睛緊盯在斧頭上。

「大哥！求您做件好事吧！嗚，嗚，嗚……」五嬸邊哭邊說。

「妳起來吧！」大伯父終於放下了斧頭：「五嬸，事情我是全知道了；不過，妳也不像咱們張家的媳婦！」

「大哥！我……我來張家快十年了，循規蹈矩……」

「還好意思說循規蹈矩！」大伯父拉長了臉孔說：「咱們張家的老一輩，自從妳公公婆婆去年相繼逝世後，至今健在的只有妳三叔和三叔母了。從今年大年初一到明天便是臘八了，妳幾時來過我家，向他們倆老請過安，問候過？今天丈夫有了小老婆，便來我家……」

「大哥！您五媳知錯了！」

「大哥不是責備妳，只是悶在心頭的話，一定要說了出來；現在，妳在我家休息一會兒，我去替妳辦事！」

「是，是，謝謝大哥！」

接著，大伯父吩咐我：「大頭，扛著煙桿，隨我去你五叔家！」

六

五叔家緊鄰我家西側，是座馬蹄形似的大合院，東西廂樓房是織染工廠，整天喧嚷不停。

我和大伯父跨進大合院後，他憤怒地將長衫脫了下來，掛在左手臂上，我猜他準是要五叔陪同他合演「全武行。」

瘦長的五叔，右手撩著長衫，在廳前迎接著：「大哥！您來了，快請坐。」

大伯父竟心平氣和地坐在五叔的大藤椅上說：「老五！你猜猜看，你大哥今天怎會有閒工夫到你這兒來？」

「大哥有事嗎？」

「你是裝傻嗎？」

「大哥有事儘管吩咐！」

「既然是你自己要關著窗子，那祇有由我來替你敲開了！」大伯父說後竟站起來，兩隻大眼睛緊盯著五叔。

嚇得五叔面如土色：「大哥！您……五弟向您說……明……」

「大頭！快把煙桿遞過來！」

我抖抖顫顫地把煙桿遞了過去，我真害怕大伯父會用它在五叔頭上戳兩個大窟窿。

大伯父卻緩緩地從煙包裡掏出煙絲，裝在煙桿的銅嘴上：「大頭，快點火！」

待大伯父深長地吸了口煙後，他才瞪著站在一旁的五叔問道：「老祖宗有兩則誡律，你父親在生前曾告訴了你？……」

「沒有說過！」

「我看，沒有說過的是你丟盡了老祖宗的臉；有了幾個臭錢，就飽暖思淫慾，那還得了！」接著，大伯父朝我說：「大頭，快把老祖宗的誡律，背給你五叔聽！」

我依言背誦了一遍，背得五叔的頭直往下垂。

待我背完後，大伯父對五叔吼道：「老五！你還有何話可說！」

「大哥！您先息怒，聽我先作解釋！」

「沒甚麼好解釋的！」大伯父憤怒地說：「我把煙桿留在你這兒，明天早晨我再叫大頭來取回去！」大伯父說後，怒氣沖天地離開了五叔家。

我不知道大伯父將煙桿留下的用意，便在他身後這樣說：「大伯父，你留下了煙桿，今晚不要抽煙了！」

「抽個屁的煙！」大伯父氣憤便口不擇言：「娘賣巴子的，丟盡了老祖宗的臉！」

出乎我意料之外，第二天清晨，五嬸來到我家，把大伯父的煙桿雙手捧上，笑盈盈地說：「大哥！五媳向您磕頭拜謝！」

「不用了！」大伯父也笑著說：「祝福妳夫婦從此百年和好！」

事過五天後，我才知道五叔是在當天晚上，僱了一輛竹轎子，悄悄地將五嬸所說的那個「小妖精」抬走了；五叔送了她兩百個「大頭」。

二十多年以後的今天，我雖然沒有「養鳥」，更沒有「討小」，心中總是覺得愧對大伯父，但願不久的將來，我再替他扛著煙桿，爬上鳳陽山去，向老祖宗磕頭。

（刊民六十二年二月十七日新生副刊）

傷心道上傷心人

一

我靜靜地躺在楊柳樹下的大搖椅上，搖呀——搖啊呀！聽花開的蝶兒跳舞，看嫦娥小姐在水晶般的月宮裏，嬝娜地散播著清香撲鼻的玫瑰花兒……怎麼搞的呢？我跟隨在一大隊老弱傷殘的人群中，迤逶地向前蠕行著。

「王跛子，跤緊牙根，快向前走呀！」

「大家快別管王跛子，不然，便趕不到，來不及了啊！」

「我不要你們攙扶，我趕不上，明年再去！」

「一定要在今年趕到；今年，十殿閻羅會審，乾脆俐落！」

「………」

人群中熙熙攘攘的，我靜靜地聽著，默默地走著。

不知經過了多久？前頭忽然有人高呼：「到了，到了『後天見也』啊！」我擦乾了臉上的汗珠，抬頭望去，看見在一團黑霧籠罩中，直豎著一座三丈多高的大石牌坊，上面鑲崁著四個斗大的字——「後天見也」。這是甚麼意思，我怎麼看不懂，想不通呢？我是在搖椅上搖呀搖的啊！我再凝目向兩根臉盆大的石柱上望去，啊！上面工整地雕刻著一副對聯子，右聯是「昨日我如你」，左聯是「明日你如我」。

「哈、哈、哈……」我仰頭大笑著，恍然大悟，原來咱們大家都是「後天見也」。

我緊跟隨在人群中，走進了大石牌坊裏，一股寒風立刻迎面吹襲而來，吹得我毛骨悚然，不自主地緊閉著雙眼；我伸展著雙手，摸索了一會兒後，又不自主地睜開了眼睛，眼前是一個數十方丈長的大坪地，四週佈滿了正在熊熊地燃燒著的大火炬，坪地裏跪滿了人群。我凝目向前望去，一座巍峨的宮殿，在大火炬下照得耀眼生輝，殿上鑲崁著四個籮筐大的金字——「森羅寶殿」，支撐著寶殿的兩根像圓桌大的銅柱上，上方分別懸掛著男女兩個骷髏頭，骨頭下的銅柱上是字跡工整的對聯子，右聯是「森氣騰騰除惡揚善明察秋毫」，左聯是「羅網恢恢懲凶安良公正嚴明」。殿上除了有十張佈置成人字形的錦墊靠背坐椅外，空空洞洞地明暗閃耀佈滿陰氣；殿的左側是一個四丈長的正方形油池，油在池中沸騰，卻沒有熱氣冒出來。

「升堂——升堂——升堂——」不知從那兒發出三大聲的尖叫後，十個像古代帝王一樣地裝束的人，無聲無息地突然坐在十張大椅上；手握著刀叉的牛頭和馬面，一變十、十變百，三步一哨、五步一崗地把人群緊圍在中間。

「今年咱們運氣好，輪到六殿平等王主審！」

「主審只是主審，其他的閻王也要參加意見的呀！」

「不管是誰主審，在劫就難逃！」

「我開始冒冷汗了，在人間……免不了被丟進油鍋去啊！」

人群中三、五成群地談論著。

殿上突然傳來尖叫聲：「帶王大年！」

王大年雙膝跪在寶殿下。

「王大年，你在陽間幹的是甚麼行業？」平等王問。

「我……我……」王大年答不出所以然來。

「你遊手好閒，專幹翦徑（搶劫）事，被陽間判處死刑！」二殿初江王說。

主審立刻宣判：「丟進油池！」

一個手握三齒利叉的馬面衛士，對準王大年的胸口刺了進去！「哎喲——」一聲長嗚的悲叫，聽得我毛髮都豎了起來；緊接著「噗通」一聲，王大年被扔進油池裏，池中只冒出幾個水泡，便無蹤無影了。

「帶胡教化！……」

「胡教化，你在陽間做老師，理應送入『後天門』！」主審大聲宣佈：「送進『後天門』！」

「不！」七殿泰山王站了起來：「依據我的紀錄，這個胡教化，他糊塗一輩子，曾強暴過他自己的學生，功不能贖罪，應判下油池！」

「我……我沒有，沒有的事啊！」胡教化跪地磕頭。

「快丟下油池！」主審憤怒地站了起來說：「他到現在還敢說謊，可見他在人間，大白天裏道貌岸然，天黑下來後便做著男盜女娼的勾當，快丟下去！」

又是一聲慘叫後，油池裏冒了幾顆氣泡。

「帶李光明！」

「我是殺豬……屠殺生靈的，請大王判罪！」

「十個屠夫九個丟進油池！」主審做了判決：「快丟進油池去！」

「慢著！」三殿寶帝主站了起來：「這個李光明呀！他在人間行了許多善事；經常濟

助孤兒院，而且不留名。何況，他殺豬是為了填飽他人的肚腸，生意公平，從不少斤兩，理應送進『後天門』！」

「改判！」主審站了起來：「送進『後天門』！」

接著，兩個奉命行事的牛頭馬面，挾著李光明的雙臂，從人群的頭頂上騰空而去。

「帶黃文章！」

尖叫聲把我嚇得黃豆大的汗珠，像斷了線的串珠，從頭臉上滾滾而下。

我從人群中身不自主地走到殿下，心想，我一生只有在老祖宗墳前跪過，沒見過甚麼「王」一類的尊者；就算「王」也是我的老祖宗，勉強下一次跪吧！

我雙膝跪了下來，先自我介紹：「我在人間是自由職業！」

「甚麼叫自由職業呢？」主審的臉孔拉了下來，冷冰冰的說：「從沒聽說過有這一行業，你是在胡說！」

「凡是不『列行』的職業，叫做自由職業！」

「你幹甚麼事的，快說！我們沒時間和你轉彎抹角！窮囉嗦啦！」

「我是從事於寫作的，寫詩的呀！」

「啊！原來是個作家！」主審的臉上露出來了笑紋：「有寫過風花雪月的詩！」

「有！」我只有直說。

「丟進油池裏去！」主審的右手一揮。

「慢！」十殿轉輪王站了起來：「得先問清楚，可有寫過傷風敗俗，像亂倫一類的作品？」

大不了丟進油池去，我膽子大了起來，昂著頭兒說：「我一生的作品，自始至終都是把握著『文以載道』的方向，怎敢為傷風敗俗而謳歌呢？」

「那……可按『判例』，送進『後天門』去！」

「甚麼『判例』呢？五王！」一殿秦廣王問道。

「按李白的判例……」

「送進『後天門』！」主審立刻高聲做了判決。

我身不自主地騰空而起，耳邊呼呼風嘯；眼前是一片的漆黑，分辨不出來東西南北。

突然，我聽到了雞鳴狗叫的聲音，聞到了泥土的氣息。

二

「我們兄弟兩人已經把你送進了後天門，朋友，再見吧！」

我徐徐地睜開眼睛，不見了牛頭和馬面。「啊——」眼前的景物使我驚愕地大叫了一聲，現在，我置身在一個灰色的大地裏。地上萬物全是灰色的，天空也是一片灰濛濛，灰色就代表了這個天地。沒有太陽，也看不到月亮，分辨不出東西南北來；只有從我站立的右側，發射出來一股閃閃亮亮的毫光，灰色大概就是出現在這股毫光的照射下。

忽然，從我站立的左側傳來了「得得」的馬蹄聲，由遠而近，打從我的面前經過時，我睜大眼睛仔細瞧去，前面一匹大駿馬上，端坐著一個灰頭土臉的人，右手倒拖著青龍偃月刀，呀！他是關羽，赤兔馬變成了灰兔馬啦！緊跟隨在他身後的也是個灰頭土臉，容貌十分嚴肅的大個子，馬背上駝載著一把大鍘刀，啊！他是包青天，包拯呀！兩匹馬後，跟隨著三十六個刀斧手……我看得愣住了。忽然，有人在我背後輕拍了一下：「朋友，你愣甚麼的，還不快走！」

「走那兒去呢？」我轉過身去。

「趕快隨我去大廣場！」他拉著我的手，向關羽去的方向走去：「不然，就必須先進傷心城；我知道你是作家，特來幫助你……」

「你是？……」我隨在他身後，邊走邊問：「請問兄台貴姓大名？」

「我是李白啊！」

「原來是詩仙李老前輩，晚輩三生有幸……」

「快別戴高帽子了，走吧！」他緊拉著我的手。

我腦子裏疑問重重：「那關羽和包青天？……」
「他兩人是往西天去的正副領隊！」
「西天在那裏？」
「那發射著毫光的地方！」
「有多遠呢？」
「往返九十八年，單程四十九個寒暑！」
「為甚麼要算往返？難道還會回來嗎？」
「趕到西天後，沒有進入普渡門的人，得再回到傷心城；你今年正巧趕上了去西天，又碰上了我，不然，不然……」
「不然，又怎樣呢？」
「先在傷心城，像驢子推磨一樣地做苦工，做完了『七七』四十九個寒暑後，再去西天；這傷心城主……」
「他是誰呢？」
「紂王，他比在陽間時更十倍的兇殘！」
「他憑甚麼能做城主？」
「別多問了，快走！等我兩人走上傷心道後，有聊不完，『擺龍門陣』的時間啦！」

李白拉著我的手，左彎右轉後，便到達了一望無痕的大廣場；密密麻麻地集合了許多人。關羽橫刀立馬於人群中，正在大聲宣佈：「此回去西天普渡門，按照往例，走上傷心道後，我在前頭領路，包黑子在後押隊。誰熬受不了寒暑而倒了下來，由包黑子宣判，折返傷心城……」他說後，拉轉馬頭，直向北走去（以發射毫光的地方為西方而判別東南西北）。

「為甚麼不直向毫光走去呢？」我問李白。

「此去西面是苦海，必須繞道北走！」李白兩眼瞪著我，鄭重地對我說：「從現在起，不惟你發問，等過了『界牌關』以後再說！」

「界牌關，它是？……」我疑問重重地說。

「你這人，真是孺子不可教也，快閉著你的嘴巴吧！」他很生氣。

我不敢再問，緊跟隨在李白身後。

大約走了七、八個小時後，毫光突然收斂，大地伸手不見五指。

「李老前輩，你在何處呢？」

「閉著你的嘴巴，靜靜休養，準備明天再走吧！」李白在我身前說：「從西方放射出來的毫光，是普渡火炬照射出來的；每隔十二個時辰，佛祖為火炬熄火加油，以區分日夜。好了，趕快閉著嘴巴，休息吧！」

我們走了兩年，才走上傷心道；又走了五年，才到達界牌關。在這漫長的七年中，李白緊閉著嘴巴。我兩人咬緊牙根，熬過了七個酷暑和嚴冬。尤其是這條傷心道，全程都是軟綿綿的細沙，初行道上，覺得它舒適平坦，一天以後，便寸步難行了。嚴寒時道上結薄冰，酷暑時如履熱鍋。我兩人不知流下來了多少汗，也不知冒出了多少淚，更不知淌過了多少次鮮血？…它是名副其實的傷心道呀！

過了界牌關，一夜過去，傷心道上只剩下來了我和李白。

「他們大夥兒呢？」我驚叫了起來。

「哈、哈、哈……」李白爽朗地仰頭大笑著：「果然不出我所料，那姓關的，好壞啊！」

「他為甚麼壞呢？」

「老弟，從此以後，你高興怎樣問就怎樣說，那關羽和包黑子，扔下你我兩人，離開傷心大道，走捷徑去了呀！」

「為甚麼要扔下你我兩人，走捷徑去呢？」

「這個……說來就話長了。」

李白是這樣說的：他隨關羽去西天，已經是第六次了。每次，到了界牌關以後，關羽便率眾走捷徑。他對大夥兒說可節省行程三至五年。李白堅持他「行不由徑」的原則，因此，他和關羽吵了好幾次，甚至他當面指責他，要是他當年不走麥城小徑，也許不會被孫權砍頭，把腦袋送給曹操。關羽這人對文人十分尊敬，不願和李白爭吵，特惟文士們可自行選擇大道和小徑。

「那……關羽、包拯，還有你，為甚麼到現在還沒有進入普渡門呢？」

「你可知道，西方極樂世界，是個怎樣的世界呢？」

我連搖了三個頭。

「那兒是黃金鋪路，白玉填溝；百花齊放，百鳥爭鳴……」

「這麼美好的地方，」我心嚮往之：「還能不趕快進普渡門呢？」

「你知道得太少了，那姓關的就是不要進普渡門，才走捷徑的呀！」

「你剛才不是說過，可節省行程三至五年嗎？」

「是關羽騙鬼的話，陰陽兩界都沒有走捷徑能成功的道理！」

「老前輩，晚輩無知，實在是不瞭解……」

「好，直截了當地告訴你，進了普渡門，在那兒享樂四十九年，又要輪迴到陽間去，又要經過十殿閻羅……不如夾在這陰陽之間的第三界裏，在傷心道上往返傷心，在傷心城中折磨受苦……」

「高論！高論！」我不油然地說。

三

我心裏不斷地盤算著，那李白和關羽，還有那包黑子，寧願在傷心道上往返傷心，在嚴寒和酷暑下熬得死去活來的，實在是古今以來的大傻瓜。我呢？削尖腦袋也要鑽進普渡門去呀！

我和李白默默地走了一會兒以後，由我先打開話匣子：「李老前輩，那關羽和包黑子（我不便把李白拉了進去）自己不願意進普渡門，是陰陽兩界的大傻瓜啊！」

「哈、哈、哈……」李白仰頭大笑後，兩眼瞪著我說：「他兩人比我還要聰明啦！我要是不學關羽的，早就進了普渡門呀！」

「老前輩、晚輩無知，不懂進普渡門以後？……」

「你豎著耳朵聽著吧！那包黑子要是再回到陽間去，那些無法無天，橫行霸道的皇子皇孫們，他一定是要抓一個來祭鍘刀；恐怕是刀沒祭成，他自己就先人頭落地了；他要是昧著良心辦事，再到陰間時，閻王不把他扔進油鍋才怪哩！所以他寧願在傷心道上往返傷心。至於那關羽呢？他一定再在陽間義薄雲天，準會被說話不算話的眾生騙得頭暈眼花；他要是再去千里護嫂尋兄，那兩位如花似玉的嫂夫人，夜深人靜時在他面前跳脫衣舞……

閻王又怎能放過他呢？」

「高論、高論！」我扮了個鬼臉，滑稽地向他翹著姆指說：「那……李老前輩，你呢？又為甚麼不再回到陽間去？」

「我李白一生反對文藝為政治服務，堅持文以載道；我要是再回到人間，不把牢底坐穿，才怪哩！所以，寧願在傷心道上往返地受苦受難。何況，現在的社會……」

「現在的社會講求民主自由，不像你生長的那個時代，君主專政，高高在上……」

「算了，算了！」李白拉下了臉孔，像是十分生氣。

我不便再問，只有默默地跟著他走。

他回頭望了我一眼，停住了腳步：「陰陽兩界全是黑的，只有第三界的傷心道上，才灰中帶有點白色啊！」

「我完全不懂你的話！」

「是我說過的，過了界牌關以後，你儘管問吧！說吧！」

好吧！既然是你李白要我問的，我就打破砂鍋問到底！於是，我接著問道：「那紂王怎麼能夠做傷心城主呢？」

「那紂王在陽間的所做所為，理應扔進油鍋；沒想到他在十殿閻王會審時，悄悄地發動『鬼變』，糾合那些不願意接受會審的鬼，向十王進攻，結果是『鬼怕惡鬼』，由地藏王菩薩出面和談，派他做傷心城主，才化干戈為玉帛。何況，也不願意他再回到人間，為害生靈！」

「那……他在傷心城裏，兇殘暴虐，沒有上級單位監管嗎？」

「有，每隔四十九年，玉皇大帝派齊天大聖孫悟空巡視一次！」

「那……紂王的一舉一動，怎能逃得了孫悟空的火眼金睛呢？」

「唉！……老弟，現在的孫悟空……」

李白所說的現在的孫悟空是這樣的：自從老孫隨唐僧去西天取經後，被如來封為「鬭戰勝佛」，做了佛（官）以後，完全失去了過去「大鬧天宮」，路見不平，立刻「舉棒相助」的氣魄。他到達傷心城後，紂王先送上紅包，然後是美女陪酒。他也便遵循那「官官相護」、「報喜不報憂」；睜一隻火眼，閉一隻金睛的，領「差旅費」，「覆命去也」。

「老前輩，這回，你還是隨我一道進普渡門去吧！」

「不，不，不！」李白連搖著手說：「你剛才說民主自由，我倒要請問你，在大唐時代，紫禁城外可以罵皇帝，現在敢嗎？五湖四海，逍遙自在時，不必帶路條，不需要帶護照……誰民主，誰自由呢？」

「不能這樣說呀！」我不得不為我生長過的世界加以辯護：「現在人類已經登陸月球，時代不一樣呀！」

「哈、哈、哈……不說別的吧，在大唐時代，修橋鋪路是件善事，希望人民平安過橋，平安走路……」

「才不平安啦！『此樹是我栽，此路是我開，要從此路過，留下買路錢』呀！」

李白向我白了一眼，不慌不忙地從懷中取出一面鏡子：「這是太白金星送給我的陰陽鏡，正面照陽間，反面照陰世。現在，我來照陽間，你仔細瞧吧！」

我聚精會神地從鏡中看出，看到一條平坦的大公路上，設下了許多關卡；幾條狹長的橋頭，站有「綠林好漢」，車輛通過時「暫停」……

「他們是幹甚麼的呢？」李白昂頭問我。

「是收過路費、過橋費的呀！」

「和『此路是我開』，又有甚麼分別呢？」

「不能這樣比喻啊！政府為人民服務，當初修路建橋時花了錢……」

「不，不，不！嗚、嗚、嗚……」李白忽然嚎啕地哭了起來：「我李白從不流淚，收買路錢的事，不談也罷！可是，每當我想到正在陽間服務的作家們，便不由自主地哭了起來。」

「老前輩，有甚麼好哭的呢？快擦乾眼淚吧！」我安慰他。

李白擦乾了眼淚說：「聽說現在陽間已經通過了抽『稿費稅』的法律呀！是此照外國人辦理的，比壞不比好啦！」

「李老前輩，你實在是太陳舊了，納稅是國民應盡的義務呀！」打從內心深處，我覺得李白的思想跟不上時代潮流。

「不錯，人人都應該納稅；我為作家們哭的原因，只是因為這件事引發的，你想想看：一、作家不列行，身分證上沒作家這個職業。二、作家生活撩倒，活該；工商業不景氣，可申請低利貸款；作家能嗎？三、作家這個月因病沒作品發表，失業了，為甚麼不比照洋鬼子發『失業救助金』呢？自古到今，陽間對作家愛怎樣搓拉就怎樣搓拉，搓圓拉扁，作家們只有聽天由命。你可知道這是甚麼原因呢？」

我不停地搖著頭。

「老弟，這是因為作家們手上拿的是筆，而不是緊握著槍桿子！」

「嗚、嗚、嗚……」

「嗚、嗚、嗚……」

不知怎的？我也感覺到「兔死狐悲」，為古今作家的悲慘命運，和李白相擁而哭。

四

在傷心道上蠕行了四十年後，我和李白建立了「同生死」、「共患難」的濃厚情感。

他高興我憨直、熱情；我喜歡他那飄逸的風度和豪放的個性。尤其是他才華橫溢，博學古今。我倆從盤古氏開天闢地談到阿姆斯壯登陸月球；也從玉皇大帝談到十殿閻羅。記得有一次談到文學方面時……

「李老前輩，請教你，對傳統和現代有何高見？」

「哈、哈、哈……」他習慣地仰頭大笑後說：「老弟！問得好，傳統是一塊金磚接一金磚堆積起來的財富，現代是正在開採中的寶藏啊！捨傳統，搞現代，是捨棄祖宗龐大的遺產，另起爐灶啦！」

「現代這個名詞是舶來品，是外國進口的呀！」

「你在胡說八道了！如果『現代』這名詞是外國人專有，我們來學習他們的『技藝』，是鑽進人家正在開採中的寶藏裏，去撿些剩餘的渣滓而已，終久成不了大事；像現代詩……」李白忽然住口。

談到詩，我是作家，它吸引我全神貫注。自從「五四」運動以後，新詩完全摒棄了舊詩，脫穎而出；凡是唸過三、五年書的人，「不會吟詩也會謅」，所謂「童詩」是也。

停了一會兒後，李白滔滔不絕地說了一大堆話。他說他在陽間時，曾致力於波斯文的研究，目的在以波斯文來寫詩，結果他完全失敗了。原因是寫出來的詩，全都走了樣，變了形啦！他說，中國文字的本身，就具有獨特的高尚藝術，而且每一個字都有深奧的學問，不但一字可多用，而且一字有四聲，還有多至八聲的呀！如行走的行ㄒㄧㄥ——可讀平上去入四聲，如行列的行ㄏㄤ——又可讀四聲。尤其是捨中國之外，任何一個外國的文字，全都是「蚯蚓文」，寫詩時都不能排列成方陣……

「你們古人寫詩，甚麼七言、五言的，又受到平平仄仄的限制，排成方陣，不好看，太落伍了！」

「你們的現代詩，又是甚麼『陣』呢？比方陣好看嗎？是學那一個國家的？人家的文字不能排列方整，我們能的，卻自已把它捨棄，哈、哈、哈……」

「我……我……」我被他唬得答不出話來。

「好，咱們來比賽一下。」

「比賽甚麼呢？」

「比賽做詩嘛！」

「怎樣個比法？」我當然是不甘示弱。

「我吟舊詩前兩句，你接後兩句；你說新詩的前段，我接說後段。」

「妙，妙極了，就這麼決定！」

沒想到李白緊接著出口成章：「『傷心道上傷心人，僕僕風塵爭功名』，你接說下兩句吧！」

我思索了大半天，吟不出下兩句來！

李白像是很不耐煩地說：「下兩句是『古代將相今何在，冥冥三界藏幽靈』。現在，輪到你說新詩吧！」

我腦海裏立刻閃動著一個念頭，我輸在先，要是再比下去，絕對撿不到便宜。於是，我接著說：「李老前輩，你是詩仙，我算是那棵葱，不想和你比詩了，不過……

「不過……又怎樣呢？」

「我可把古人的一首『臭詩』，改成為新詩，請你公平論斷，如何？」

「好，好極了！」他顯得很高興。

於是，我說：「我先把這位古人的『臭詩』改成新詩後，再吟原詩吧！」我緊接著便唸道：

床前光，
疑是霜？
望明月，
思故鄉。

（按李白「夜思」詩為：「床前明月光，疑是地上霜；舉頭望明月，低頭思故鄉。」）

我唸完了後，拉長了臉孔說：「甚麼『舉頭望明月，低頭思故鄉』，完全是不通啊！請問老前輩，『望明月』難道不舉頭嗎？『思故鄉』一定是低頭沉思的呀！何況，前一句『頭』，後一句也『頭』；頭、頭，把頭都舉痛了，把頭都低歪了呀！還有，有第三句的「望明月」，第一句的「床前光」當然是「明月光」；尤其是「疑是地上霜」，霜當然是降在地上的呀！所以說，這位做詩的古人，虛有其名啦！」

「算了，算了！罵得好，罵得好！」

我越罵越起勁：「舊詩講求簡潔，像古人這首『臭詩』，『明月』就用了兩次；改成現代詩，原詩二十個字，省去了將近一半的八個字呀！李老前輩，誰簡潔呢？」

「嗯，這樣說來，」李白倒是很謙虛：「舊詩和新詩各有優點啊！」

「這位寫『夜思』詩的前輩，實在是荒天下之大『唐』——這個『唐』字是唐朝的『唐』——滑天下之大稽！」

「老弟！別再罵下去了，請你替這位寫『臭詩』的人，留點兒面子吧！」

「看在李老前輩的臉面上，就饒了他吧！」

「哈、哈、哈……」李白爽朗地大笑著：「舊詩和新詩都有缺點，如何溶滙兩者的優點，老弟！」李白拍著我的肩膀，繼續說了下去：「當你再回到陽間去時，我告訴你一個訣竅……」

「甚麼訣竅呢？」我迫不及待地問道。

於是，李白附著我的耳朵輕聲地說：「告訴你吧！中國文學走『現代』的道路，是條已經開闢好了的高速公路，沒有理由再迂迴到小徑上去。不過，『現代』不是外國人專有的，必須走中國人自己的『現代』，如何走中國人自己的文化大道呢？便是承襲固有文化的精華，吸取歐美社會科學的優點，再加入自己的創見。此所謂滙集諸子百家於一爐而冶之。你此番進入普渡門，重返陽世時，別再錯了方向啊！」

當我和李白到達普渡門時，他止住了腳步：「老弟！快走進去吧！『後天見也』。」

「李老前輩，你怎麼仍然不願意……」

「後天見，後天見吧！」他向我揮了揮手後，轉身走回了傷心道，飛奔而去。

我在普渡門外徘徊著，偷偷地向門裏瞧去，果然是「黃金鋪路，白玉填溝；百鳥爭鳴，百花齊放」。

我望著李白遠去的身影，狠狠地罵道：

臭李老前輩，要是現代人做詩、寫文章，比不上八百多年前的「太白斗酒詩百篇，長安街頭酒家眠」，中華文化如何能一代接一代綿綿不絕地發揚光大呢？你寫你的「臭詩」，收買路錢、過橋費、抽作家的稅，又不是對待你李白一個人，小事，小事，值得你傷心痛哭？

臭包青天，現代的皇子皇孫橫行霸道，干你「開封府」啥事！你睜一隻眼睛，閉一隻眼睛，戴緊烏紗帽，不就了事了嗎？

走麥城的臭關羽，大嫂子跳脫衣舞，你瞪大眼睛瞧個清楚，甚至「吃」了她，又有甚麼大了不起呢？況且，你和劉備只不過是結拜兄弟；現在是太空時代，人間的義氣，值不上一斤西瓜的價錢呀！

我是在大搖椅上搖呀、搖的啊！

（全文完）

鴛鴦夢《說明一》

一

每次整裝出門和卸衣入寢前，她總是習慣地面對大型穿衣鏡，搔首弄姿和美目盼呀盼呀地做三至五分鐘的自我欣賞，她是天生麗質，如一彎新月似的柳眉，傳神揚情的神眼，像玉琢粉堆的瑤鼻，嬌艷欲滴的櫻嘴，潔白如珍珠的美齒；還有那豐滿如蓮藕的玉臂，銷魂蝕骨的纖纖巧指……。

自我欣賞完後，免不了對著鏡中的她說：妳是她還是他呢？你是出神入化，巧奪天工的她啊！《說明二》

今晚，她卸裝後側臥在床上，想到她和他，他和她的半年友情，在她的心田裡像波浪似的翻騰著。

半年以前的深夜一時，在歌劇院旁的一家上午十一時開放到清晨六時的高級餐廳裡，她和同行的妹妹芳芳同坐一張四人方桌，正準備吃消夜時，突然有個三十多歲的青年，牽動著臉上的笑紋，懇求同桌坐在她兩人的側座，他說後便立刻坐了下來，而且驚訝地說：「妳兩人好面熟，是在何地相逢過？……啊！是在夢中相會；夢中，我常見七仙女飄然下凡來，妳兩人是六妹和七妹……」

兩姐妹「嘻、嘻、嘻……」掩嘴笑後同聲說：「我兩人果真是仙女下凡嗎？」

「人間沒有像妳兩人風姿綽約，絕色漂亮的女人！」

「嘻、嘻、嘻……」

「今晚我作東，慶幸有緣餐會。」

「先謝了！」坐在他右側的姐姐說。

接著，他點了各人一份的燕窩、魚翅，共餐的燒辣魚、酸辣湯等。《說明四》

接著落落大方地邊吃邊談，像是久別重逢的老友。

餐後，年長的姐姐去餐廳後側盥洗室，他跟著指引她同往，分別走進「字形的男女兩室。他匆匆小解，準備在女室前恭候她，沒想到她比他更快，已經在男室前等候他了。

這使她在他的腦海裡塞進了一塊鉛大的疑團，豈有女人入廁小解比男人更快的呢？《說明三》

接著，她在床上側了個身扭動嘴角笑了笑，喃喃地自言自語：「這個男人好癡呆啊！」她繼續想了下去：

從第一次和他餐敘後，她發現他像一塊具有強烈磁性的粗石，緊緊地吸著她這塊常年孤寂的冷鐵。他古銅色的臉龐上佈滿了東方民族的自然美，清秀的臥蠶眉下，躺臥著一對發射著智慧的大眼睛，尤以他那個堅挺的虎鼻，指揮著臉蛋上各個「兵種」的排列，使整個部署井然有序。

二

他是台商，在泰國南部開設了一家水果加工廠。泰國盛產各種水果，而且價賤貨美，加工乾潔後，批發到交通要道兩旁的集中攤販市場，還有各零售的大小商店，略低於一元台幣的泰銖，像流水般不舍晝夜地滾進他的口袋裡來。

兩年前設廠時，因為創業維艱，循規蹈矩地埋首在工作堆裡，如今，事業像日正當中，怎可辜負了大好青春呢？因此，奇妙的人妖秀，年輕女郎的指壓按摩，迷人的脫衣女郎，鶯歌燕語紅綠燈光暗淡的妓女院……都曾再三光臨過。不過，他不隨便和女人靈性的「接通」，如果實在有需要時，一定配備「安全裝置」——這也是他不「通」的理由。除了他在台灣的太太，每三個月蒞臨泰國「視察」一次外，他最害怕萬一傳染到愛滋病，便斷送了他光芒萬丈的錦繡前程。尤其他每次去「骯髒」的地方，另一半的幽魂，像魔鬼似的緊緊地跟隨著他，每晚想到「女魔王」，便不油然地不寒而慄。他和她是大學時代的同學，雖然她沒有像他一樣地修得碩士學位，但在他們余家三代單傳後，第一胎便替他生下個白胖胖的龍子，最讓他「出人頭地」的第二胎產下來十萬對夫妻罕見的一男一女「龍鳳胎」，讓他的父母把媳婦敬奉為觀世音菩薩，他如果對她說了半句大聲的話，準會讓自己父親對他吹鬍髭瞪眼睛，尤其是他來泰國投資設廠的大把鈔票，全由她的娘家慷慨支助……，沒來到泰國前，他在台灣的工廠任分析工程師時，她比觀音菩薩更能神機妙算，他上下班的一舉一動都在她的「五指屈算」下。自從來到泰國後，他是脫韁的野馬，在廣闊的平原上自由自在地馳騁者。

自從前回餐會後，她第一次陪同他在柔軟的海邊沙灘上漫步者，他提議雙雙跳進海水裡去，澈底洗潔在人間的「空氣污染」；她卻堅持兩人躺臥在海灘的大陽傘下，欣賞美女和俊男們戲水弄潮的「仙境」，遠勝於自己投身於「海水陣」，而不識海的真面目。

在大陽傘下坐定後，他對她落落大方地說：「我兩人聚會三次了，是第一次相偕出遊，不知是否可問芳名？」她抿嘴笑說：「我姓鮑，包公的包旁加個魚字；芳名嘛……叫二奶，嘻、嘻、嘻……你尊姓大名？」他也說了個假名：「我姓余，名叫素好，哈、哈、哈……」他躺下身來大笑著。

「你們台灣來的富商都在泰國包有二奶，你有嗎？」

「你不是名叫『二奶』嗎？不過，我不敢高攀，不敢『包』呀！」

「包一個二奶，不會惹麻煩，再多包個三奶，便會像雞兔同籠，腳爪子計算出毛病來。」

「甚麼是腳爪子呢？」

「二奶纖指上只戴一個鑽戒，三奶多了一個，兩人不大打出手才怪哩！」

「哈、哈、哈……原來『雞兔』是不能同籠的。」他大笑後接著說：『那……我就只『包』妳這個二奶，以免節外生枝。」

停了一會兒後，她也躺了下來，轉身對他甜笑著說：「你為什麼叫『余素好』呢？」

「『余』生平無所求，『素』來『好』食與色而已！」他調侃著說：「因此，這些日子來，我每晚都請妳吃消夜，無非是……」

「快說下去！」

「美食和美色都飽餐而歸！」

她抬頭仰望籃天，像是掉落沉思的漩渦裡。

他用手推著她那像嫩藕似的上臂：「怎麼不說話了，妳在想甚麼呢？」

「我在想，人間可有神仙眷屬？」

「人間只有一對神仙眷屬，就像妳我今天指海為盟，從此雙宿雙飛！」

「誰要和你指海為盟，才不會和你雙宿雙飛，臭男人！」

「男人聞到男人味，像陰溝裡的水，臭氣沖天；女人看到十丈外的男人，就像貓兒聞到了魚腥味。」

「嘻、嘻、嘻……你們台灣人真個是能言善語，最會戲弄女人了，所以我們泰國人最喜歡你們的『賣麥』（泰語：美鈔）啦！」

「好了，妳不願意陪我下海去『鴛鴦戲水』……」

「慢，且慢！」她打斷了他的話：「想先請問你，鴛鴦怎樣分雌雄？」

他連搖了三個頭。

她坐了起來說：「讓我來告訴你吧！鴛為雄，鴦是雌，體型小於鴨，嘴短扁平，腳上生長有蹼；雄的羽毛美麗，頭有紫黑色羽冠，翼上部黃褐色；雌的全身蒼褐色，胸腹灰白。牠兩鳥朝夕不離，棲息於池沼中。你呀！真是大笨牛，鴛鴦的雌雄都分辨不出來！」

「我從小生長在城市，沒看過鴛鴦，當然是分辨不出來雌雄呀！」

「有許多的動物，看到了牠，甚至和牠同行，因為我們粗心大意，往往忽略了牠是雌還是雄？我常做鴛鴦戲水的夢，醒來全是空洞如幻境，好了，你接著剛才的話說下去！」

「今天帶我去參觀妳的閨房！」

「我那兒有甚麼閨房，租住在公寓裏，很髒亂。」

「越『髒』和越『亂』的女人！」他把『髒亂』兩字特別提高了聲調：「男人便越是喜歡，因為是至情至性，是純真的表現。」

「你看我純不純，真還是不真呢？」

「妳像白璧似的純，像藍天似的真。」

「好了，我很累，我兩人回到市區後，各奔前程吧！」

三

回到市區後，他兩人沒有「各奔前程」，習慣地在街頭漫步，他右手繞過她背後，搭在她的右肩上，為了怕她白嫩的臉蛋，被炎熱的太陽烤黑，左手替她撐著粉紅色的陽傘。

她今天穿著一套白色的長袖便服，眼戴太陽鏡，馬尾髮髻的下端，夾紮著一個色似小粒紅藍寶石的寬厚圈套；隆起的胸部在纖纖細腰上盪動著，吸引路人佇立後投以讚美的眼神。

「余！」她邊走邊甜甜地叫著他的姓說：「我很快就要失去你了。」

「我向你保證，回台灣後也要常來看妳；何況，工廠設置才兩年，倒閉不了。」

「我是說……我的工作是不被人所接受的，你三兩天就要我說出工作場地來，說了，你就會拋棄了我！」

「不談男女關係，就算我兩人是知己朋友，也不能因為朋友的工作而拋棄了妳，除非妳是盜賊！」他斬釘截鐵似的說。

「說實在話，自認識你以後，這些日子來，不知不覺中，我漸漸地愛上了你……」

他把搭在她右肩上的手抓緊她的肩頭，以表示感激她的愛。

她接著說了下去：「我喜歡你，並不是因為你有『賣麥』，而是因為你們台灣人純潔、熱情，最富有人情味；因此，我破例帶你去參觀我的閨房！」

他高興得跳了起來，陽傘的骨架打著她的頭：「走，現在就去！」

於是，他兩人回到下車的地方，駕駛著他的黑色轎車，在她的指引下，駛進了一條長巷，停在一棟十二層樓的公寓前。

她走出車後像導遊小姐似的用手指著說：「這是棟出租的公寓，我租住八樓十五號，雖然只有九十三平方米，一個人住還嫌太大啦！請跟我上樓去吧！」

他默默地跟隨在她的身後，走進電梯後，她接著說：「搬到這裡來住快半年了，還沒帶過男人進到我的『閨房』；因此，有個不情的要求，你進房後，不可以問東問西，因為我們女人的房間裏，隱藏著許多的祕密。」

他欣然點了個頭。

房間裡全是女用傢俱和女人的衣飾、化妝等用品，陳列得整齊、簡單、清潔而有規律；他跟隨她身後，進門後她便替他卸下西裝上衣，雙腳跪地脫下皮鞋後，站起身來說：「先輕鬆、輕鬆，喝杯茶，抽支菸吧！」

她端上茶後又說：「我們泰國人多信奉佛教，泰國女人敬愛老公如尊重佛陀，為老公服務深感無上光榮。」接著，她從盥洗室取來毛巾，替他擦乾剛才在太陽下留下來的汗痕，邊擦邊說：「以後別穿西裝了，天熱，穿短袖衣褲，也不會是失禮。」

他兩眼默默地瞅著她。

「幹嘛！老是看著我？」

「不是在看妳，我是在祈求佛陀賜福，來生讓我投胎到泰國來，做一個讓女人侍候的『嬌丈夫』。」

「但願來世能侍候你！」她把雙手搭在他的肩上說：「乖，留在我這兒晚餐後再走！」

「妳，乖，我好乖，留在妳這裡晚餐。」

她烹調的動作好快，四十分鐘就燒炒了四菜一湯，在酒櫥裡取來了一瓶伏特加烈酒，兩人對坐對飲。互敬了三小杯後她半醉半醒地對他說出自己的身世：

她是土生土長的泰國人，上有六個姐姐，從小就在女人窩裡翻滾，她不但精通華語，而且精通英語會話，為了學習這兩種語言，曾就讀於華文學校和拜師於基督教會牧師……。

她的酒量不遜於在台灣同事間有「酒霸天」綽號的他，兩人談笑間乾掉了一大瓶的伏特加，她瞇著眼睛問他：「想知道我的工作場地嗎？」

他點了個頭，她卻剎住了話，不說。

沈默了一會後，她抓著他的右手臂說：「送你下樓回家去吧！」

她送他上車後，沒關上車門前冰冷著臉孔對他說：「因為你一直都想知道我的工作場地，不要和你說『再見』了！你豎著耳朵聽清楚：我工作的地方，大門前豎立著一丈多高的金銀雙龍，我表演孔雀舞！」她說後「啪」一聲替他關上車門後，快步閃進了公寓。

他像失魂落魄似的呆坐在車上，在幾次的天旋地轉後，才甦醒了過來。《說明五》

四

他決定和她一刀兩斷，但斷了的藕絲還相連著，他三天三晚心情像鞦韆似的來回搖盪。

第四天晚上，他終於熬受不了在情網上的捆綁，花了五百泰銖，他買了一張晚上九時開演的第一排中間座貴賓席。歌舞劇準時上演，第三個節目果然是她的孔雀舞，舞過中節，她習慣地扭動腰走下台來，抱著他的頭在臉頰上給了個留下紅唇印的吻，他趁機站了起來，雙手摟住她的腰，在她耳邊悄悄地說：「今晚妳不要『出場』了，十一時半，老地方，請吃消夜！」《說明六》

她推開了他：「沒有必要了！」

他兩人的「表演」，獲得了全場觀眾熱烈的掌聲。

在高朋滿座的「老地方」，他準備了她喜歡喝的燕窩湯，靜靜地恭候她的芳駕光臨，沒想到一直等到第二天淩晨一時十分，仍然是不見她赴約。走，去她租住的地方，他鼓足了勇氣。

她沒有回家，去哪兒了呢？

第二天深夜，他又在餐廳等她，這是因為她是這裡的常年食客，她依然是沒有光臨，再去她的住所，也是像昨晚一樣地大門深鎖。

如此往返餐廳和住所，連續找和等了三天，他相信她的話「沒有必要了」。但，他非等到她，和她開懷傾訴，才能解開情結和跳出情網。

當他在失望後正要離開時，她突然來到餐廳，習慣地在他對面坐定後，迫不及待喝下那碗為她準備的燕窩，笑盈盈地對他說：「你每天晚上的行動，都在我的監視下，你這人真會自作多情。」

「我不是自作多情，只是為了愛你呀！」

「你明知我兩人沒有男女間的愛情，而卻要偏偏糾纏到底！」

「除了男女愛情外，朋友之間有友情，請不要拒絕我對妳的純純真情。」

「你們台灣人真是多情，好吧，交了你這個朋友，但……」她兩眼緊盯著他說：「不准談友情以外的愛情！」

「哈、哈、哈……」他仰頭大笑後把手伸了出來：「妳也不准談友情以外的愛情，我兩握手宣誓！」

兩人緊握著手像久別重逢的知己，他交上她這位如花似玉的朋友真正跳出了情網嗎？回家後立刻上床呼呼大睡，但依然和她心有靈犀相通，在夢中他對她翹著姆指說：「妳上有六個姐姐，妳排行七妹，傳說中的七仙女，唯七妹最是亮麗了。」

她對他擠眉弄眼地笑著：「油嘴，油嘴，聽來好噁心！」

「擇定今年七夕夜，我兩人步上紅毯！」他說後，立刻汗毛都豎了起來，台灣有隻母老虎，正在對他齜牙咧嘴地吼叫。

接著，他自言自語：「鮑二奶，鮑二奶，我包妳你做二奶吧！」他抓緊了她的手。

她尖聲怒斥著：「不行，不行呀！你別以為有『賣麥』，我不需要，不需要它呀！」

接著，她狠狠地給了他兩記耳光。

他從夢中驚醒，反覆推敲後，判定這是個胡思亂想後的「倒霉夢」。這是因台商在泰國「包」有「二奶」的人，都沒有好下場。

五

果然，倒楣運輪到他了。

自從他和她不談友情以外的愛情，握手宣誓後，他兩人經常在她的住處舉杯對飲。她很善於飲酒，在朋友中不甘在酒中示弱的他，不得不甘拜下風。

他在她的住處飲酒，她的溫柔、體貼，更勝於台灣酒家女郎陪酒待客的假情假義。

她是一塊沒有經過琢磨的玉，以上天賦予純真的原貌，像她表演孔雀舞似的呈現在他眼前，她雍容華貴的氣質，是從書本中「啃」出來的；她雖然只唸過中學，對華文造詣甚深，這完全是從讀小說中修煉的，她說自己除了歌舞表演外，每天過著落落寡歡的寂寞生活，唯讀小說可以替她排憂遣愁；她還說小說作品可以怡情養性外，而且可以從書中獵取許多的人情和世事，甚至於上下古今，天文地理等。而他呢？是化學研究所碩士，但他像她同樣地嗜好文學作品，中學時代就讀完了中國四大文學名著，台灣近代小說作家的大名和他們的著作，得屈指才慢慢計算清楚。因此，他兩人在一塊兒喝酒聊天，不只樂以忘憂，而且不知老之將至。

深夜十二時，他兩人又在她的住處飲酒作樂了，正談到《紅樓夢》十二回〈王熙鳳毒設相思局，賈天祥正照風月鑑〉，批評鳳姐好壞，活活把賈瑞給整死了；她說鳳姐如果是她，就乾脆和他上床……

突然，急速的敲門，像鞭炮聲響起。

本名余致大的余素好，假名鮑二奶的夏美娜，立刻發覺大事不妙；但，他兩人心想「為人不做虧心事，夜半敲門心不驚」，便大大方方地打開了房門。

沒想到氣虎虎地走進來的是台灣來的余夫人，進門便對她的丈夫毫不客氣地說：「余致大，你金屋藏嬌，好逍遙自在啊！」

「慧惠，快請坐！」余致大卻毫不在意地說：「我來替妳介紹，她是我的朋友夏美娜！」

「美娜向余夫人行禮了。」她向余夫人深長地行了個鞠躬禮。

「不必了！」余夫人氣憤地說：「為了顧全我先生的臉面，把警察先生留置在公寓的樓下。」余夫人不愧是大學畢業生，馬上就心平氣和地坐了下來：「你兩人以為我遠在台灣，不知道你兩人的所做所為；俗語說『有錢能使鬼推磨』，我可以請人『推』，請人『磨』呀！」接著，余夫人從黑色手提包裡取出來十多張彩色照片說：「這是你兩人相愛的照片。」

余致大不慌不忙地接在手上細看，哇！有兩人抱頭相擁、海灘側臥、街頭摟腰、餐廳談情等。

他看完交給她，她看後「嘻、嘻、嘻……」笑出來了眼淚。

余致大接著「哈、哈、哈……」大笑後說：「慧惠！我和她只談友情，不談男女愛情，彼此是知己朋友而已。」

「余夫人，妳是真不相信嗎？」

「我今天深夜看到你兩人孤男寡女共處一室，不信，也得相信！」

「好，余夫人，妳請等會兒，我馬上出來。」她說後走進了盥洗室。

沒過一分鐘，她袒胸露背地走了出來，下身仍著「迷你裙」。

「你……你……」余夫人驚叫著：「你是……你是人……」她不要把「妖」字說了出來，怕傷害對方的自尊心；這個女人雖然對丈夫「管教」甚嚴，她唯一也是最大的優點，就是處處為他人著想。

「妳不說，我自己說，我是道道地地人們心目中的人妖，為了我和余先生的友情，更為了你兩夫妻的愛情，我是第一次在人前展示本來面目……。」

「快，妳請快去穿上衣服！」余夫人立刻覺得對他兩人的誤會冰消了，而且深感內疚。

「不，我還沒有講完，世人總以奇異的眼光看待我們人妖，但，我們不管白天和黑夜，從頭頂到腳底的衣食住行，一舉一動，是真真實實假到底的女人，遠比那些在大白天裏道貌岸然，在黑夜裡便原形畢露，面目猙獰，真假難分的偽君子，高尚多了啦！」接著，她下達了逐客令：「你夫婦兩人請回去吧！」

（全文完）

說明：

（一）本篇故事為泰國導遊王梅麗小姐講述，作者加以小說化。

（二）泰國人妖從小就澈底女性化，很難分辨是男性，甚至他在表演歌舞時，穿著女用三角褲，也看不到凸起的男性特徵，他把它用繩布套進胯下了。

（三）為了隱私，人妖進女廁，在進去關門後，只要掀開裙子，便可站著小便，因此，動作比女人快，甚至也比男人快。

（四）泰國人喜歡吃酸辣。

（五）大門前豎立兩條金銀雙龍，是人妖秀表演的地方，表演中常下台親吻男人，絕不親女人。

（六）人妖「出場」是供男人合照留念，每次收小費二十泰銖。

楓葉淚痕

美麗的蘭陽平原，是上帝精工的傑作。

北望隆嶺，雲煙縹緲；南眺沙喃，水石雄奇；東有海波萬里，龜山挺崎；西有峰巒蒼翠，儼如畫屏。境內名勝，不勝枚舉，而以「蘭陽八景」最引人神往。

蘭陽兒女，平實、樸素。像壯健的雄獅，像溫柔的小鹿。

「姑娘啊，妳是溫馴的小鹿，還是壯健的雄獅？」

這些日子來，蘭陽平原煙雨濛濛，我悶在斗室裡，回憶像人影，緊隨不捨。

去年七月，我從嘉義調職來宜蘭。自從認識了她以後，多少個黃昏，我和她併肩漫步於礁溪楓林裏。我說：「妳為什麼常常喜歡到楓林來？」

「楓林裡有紅葉，唯有紅葉的美，才能點綴成秋的色彩。」她抑鬱地說：

「可是，紅葉代表熱情，它給予人們無比的快樂和希望。」我說後，順手檢拾了一片紅葉，插在她的髮頂上：「讓妳頂著一顆紅熱的心，增添妳生命的內容。」

她的臉孔蒼白，連咳了兩聲，一口濃痰吐在草地上，沒有發出聲響。她卻呆望著它說：「啊！親愛的，不行啊，這樣不可啊；生命的色彩，應該是繪增他人的光輝。」

「那麼，姑娘啊，讓我用愛來充實妳善感的心，用歡愉的生命來擁抱妳嬌弱的身體。」

「我又能給你一些什麼呢？」

「給我晚年以後美麗的回憶。」

「就這樣協定吧！」

她緊緊地偎依著我，從她的身上散放出一種青春的芬芳。是這種芬芳薰得我頭暈轉向，我把嘴貼近了她的唇邊，她轉過頭去說：「不行啊，親愛的。」

我很氣餒，低頭坐在林中的石櫈上。

她用纖纖玉手，撫摸著我的背說：「我是朝露，你是太陽，請你別給我過多的熱。」

「不，姑娘，妳是太陽，我是向日的葵花——我的心永遠向著妳。」我說後，轉身把她摟在懷裡，摟得她透不過來：「啊，親愛的，告訴我，妳的真名實姓？」

「我不樂意自己的名字留在人間。」

「姑娘，妳到底患了什麼病，使妳這樣消極？」

「唉！你又何必問呢？還是替你留下美麗的回憶吧！」她說後，掙開了我的摟抱，像蝶舞似的在我面前扭轉了一圈。

接著，她拉著我的手說：「走，我們分別回去吧。」

「姑娘，必須告訴我，妳的芳名和地址？」

在我再三追問下，她說：「就叫我「紅葉」吧！」她的住址卻堅不吐實。她約我每個週末在楓林裡聚首，再計劃星期日去遊覽名勝。

大埤湖位於宜蘭市西北六公里處，水面約二十餘甲，縱廣各約一百餘丈，為蘭中第一個大埤，四週坦道環繞，道寬約兩公尺，樹林蒼鬱，鯽鯉噎喋，銀鱗跳躍。「大湖澄碧」是蘭陽名勝之一。

我和她併肩坐在湖畔。清澈的湖水，反映出她的倩影。她，烏黑的秀髮披垂雙肩，修長的眉毛下有一對亮晶晶的眸子，像嫩藕似的臉蛋上，兩個梨渦泛呀泛的。挺直的鼻峰，略帶菱形的嘴唇，兩排像象牙似的皓齒。在我的審美下，她應該是人間絕無，天上僅有的美嬌兒，莫非她是仙女下凡？假如我和她配合「神仙眷屬」，誰又不羨慕呢？

於是，我不停地吻著她，吻著她的秀髮、額、鼻、還有臉蛋上那個泛呀泛的梨渦。但，我不敢吻她那張像玫瑰花似的嘴。她的嘴一定很聖潔，不像我那麼貧饞，吃呀，喝呀的，污穢極了。

我究竟還是閉上眼睛，沉浸在愛情的王國裡，靜靜地為我是百萬富豪而驕傲。突然，我聽見她清脆地說道：「親愛的，別老是閉著眼睛去享受人生，趕快睜開眼睛來瞻望這個世界吧！」

「在現實的環境裡，我有了妳，這世界的一切都和我無關。」我說：

「你快瞧吧！」她推開了我，向左移動了她的坐位；「群魚雙雙對對地在湖水中嬉遊，多麼逍遙自在啊！」

「我不是魚，不知魚之樂。」我說後，也跟著移動了坐位；靠緊了她。

「可是，你也應該知道魚的災害。」

接著，她用手指著湖中兩隻漁舟，舟首的漁夫正在站穩架式，向湖中撒網，祗聽見「撲通」一聲，嬉戲中的群魚，驚慌地潛入了湖底。漁夫收了網，魚兒在網中跳躍、掙扎。漁夫的臉龐上充滿了獵獲者的微笑。「唉！」我不油然地嘆了一口氣說：「人類為萬物之靈，為什麼要殘殺小生靈以飽自己肚腹呢？」接著，我站起身來，脫下了上衣。她也跟著起立，抓住我的小臂說：「你要去為魚兒抱不平？」

「對，姑娘，我要跳入湖中，泅向漁夫，把船兒撞沉，讓網裡的群魚重獲自由。」

「不，你別管這些閑事！」

「怎能說是閑事呢？」

「要管的事太多，實在管不勝管！」接著，她一個轉身，便竄入了湖畔的森林裡。我重新披上上衣，茫然地跟隨在她的身後。

突然，她一聲尖叫，便撲身在我的懷裡。一條小花蛇，正從她的腳下蠕蠕地爬過。

「姑娘啊，妳不用害怕，在上帝的大地裡，萬物都是善良的。」我撫著她的背說：

她吁了一口氣，擺著手讓我走在她的前頭。她說：「親愛的，你是頭雄獅，和你在一起，我不害怕。」她嘴是這麼說，臉孔卻很蒼白。

一隻癩蝦蟆，鼓著牠的肚皮，擋在路中，像是對我剛才在湖邊沒有拯救群魚的自由而抱不平。這小東西披著虛偽的土色外衣，自以為是仁慈博愛者，卻以捕食小蟲為能事，在這廣大的宇宙裡，如果牠忘記了自己所扮演的角色，上帝的聖眼，一定不會放過牠。於是，我沒有理會牠對我「鼓著肚皮」，讓上帝去仲裁吧。

我倆選擇在一株大榕樹下盤膝而坐。一片紅葉從樹梢落在她的面前。她把它拾在手上說：「生命也不過如此。」

「可是，姑娘啊，請妳抬頭仰望樹梢吧，枝頭的嫩蕊不是正在發芽茁壯嗎？生命是死亡和復活的延續啊！」

「當上帝要人回到來的地方去時，我們的生命是多麼軟弱。」她說後，淚水像是斷線的串珠，滾滾而下。

「姑娘，妳不能承認自己是溫馴的小鹿，也應該像雄獅那麼堅強，」我安慰著她：「妳到底患了什麼絕症？妳說，妳快說呀！」我也不油然地淌下了熱淚。

她突然雙手抱著我的頸項，給了我一個長吻。她的吻比春天的陽光更溫暖，比玫瑰花更芬芳，比枝頭的嫩蕊更嬌柔豐潤。誰能相信她的生命祇是像曇花那麼一現便會枯萎？

「姑娘啊！請妳聽著，我要用生命中的血，把紅葉染得更紅更艷，使它永遠不會枯萎變色，妳聽著了嗎？」

「我聽著了，」她淡淡地說：「我警告你，別使情感和理智失去了平衡；人生活著不單是為了愛情，應該還有更偉大的人生目標。」

我低著頭。她重重地咳嗽了一聲，吐了一口濃痰後又說：「相信我的話，我將離開這個世界，你又何苦呢？」

「我不相信，我不相信啊？」我呼天喚地的：「上帝不會對一個年輕的少女施以虐待，祂應該仁慈，應該仁慈啊！」

從此以後，每個週末，我獨自在楓林裡焦急地徘徊著，紅葉遍地，沒有她的芳跡。難道「紅葉」已經「枯萎」了。

姑娘啊！我在為妳流淚！

（五四、元、十九、於宜蘭）

編織的美夢

一

編織機「刷，刷，刷，」地推動著。

這件毛線衣，必須在下午趕製完工。下午，她先要去美容院整容，然後再去赴男友的約會。

王大嫂是鎮上第一流的美容師，在她的美容院裡，掛滿了「技藝超群」、「人定勝天」、「賽西施」等各界婦女所贈送的錦旗和銀盾。但她在那兒每次整容後，眼角的魚尾紋，仍然是隱隱約約的，像春風輕盪湖面似的波動著。

「王大嫂，難道妳沒辦法把眼角的魚尾紋……」

「啊，琳妹妹，」王大嫂總是那麼和善地回答著：「下一次我再替妳仔細修飾包妳滿意。」

她滿腔的忿怒，在心頭裡旋轉著：「哼！這一次都沒有修飾好，下一次還不是同樣沒有辦法」。但，她不要說出嘴來，因為王大嫂那句親熱的「琳妹妹」，使她像是在酷暑下獲得了清涼的冰水，清爽極了。她今年已經卅二歲，除王大嫂外，再沒有人叫她「琳妹妹」了。

「刷、刷；拍、拍、拍！」突然，編織機斷了三根勾針。糟了，得趕快修理，不然，這件她親自設計的毛線衣，便無法在下午完工。而這件毛線衣，是他攜出去赴約會的禮物。好不容易，才把斷針取下：不巧得很，新針又不知放置何處了。

「老三！快替我找到那盒獅王牌的新針！」她命令著三妹。

「人家忙嘛！妳自己找吧！」三妹蘭琳也正坐在編織機旁，「刷刷」地編織著毛線衣。

她們姐妹四人，她是大姐，名叫沈蕙琳，二妹叫菁琳，四妹叫蓉琳。姐妹四人共同開了一家「美麗毛線編織店」，專門代客編織各類毛線物，大姐是經理兼編織師。

自己找只有自己找，可是店鋪雖小，獅王牌新針放置何處，猶同在大海裡去撈針。她氣急了：「老三，還是請妳替我找吧！」

老三在大姐的催促下，只得離開編織機，幫助大姐找那盒獅王牌新針。

老三年輕，記憶力強，很快便從塞滿了雜亂瑣物的抽屜裡，找到了那盒精巧的新針。

她重回編織機旁，開始換修。

她心事重重。

「唉——」她不禁油然地嘆了口氣，心裡想道：「這年頭，科學進步，人們急切地追求太空旅行；地球上的生活，真不是人熬的。」像她——沈惠琳，自從家職畢業，轉瞬已經十年了。十年的編織生活，消失了她當年的驕傲和在人生旅程上奮鬥的勇氣。

想當年，她高中畢業時，人長得像花朵似的，沁人心脾。她的理想和抱負，就好像是大鵬展翅恨天低。

在她心目中的愛情，是神聖的，不可侵犯的。因此，她的愛情觀，也就與其他女孩迥然不同了，她認為有三種男人最不可靠了，第一種少年得志的男人，如果嫁給這種男人，儘管妳長得像是九天仙女下凡塵，妳在他心目中的地位，不比他腋下那個公文包更重要；第二種是少年英俊，瀟洒脫俗的男人，這種人是玩弄女人的能手，在他看來，一個美麗的女人，只是像他胸前那條新穎的領帶；第三種是沒有錢的窮小子，如果嫁給這種男人，便是活受罪。那麼，在她心目中「理想的丈夫」，又是那一類型的男人呢？便只有她自已知道了。

愛情不是編織機編織的，也不像毛線衣似的，可以在磅秤上衡出輕重。而她呢？卻用編織機編織過許多美麗的夢。

二

把時間的車輪，倒轉十年。

有一天晚上，阿瑞來找她。

「阿瑞，我勸你以後別再來找我了！」

「為甚麼呢？」阿瑞不解。

「理由很簡單，你沒有錢」

「錢！」阿瑞驚愕了，但他仍是沉住氣說：「只要我真心愛妳，錢財是身外之物，我們還怕將來……」

「別再說下去了；現在的問題都不能解決，還談得上將來嗎？」

「現在沒有甚麼問題呀。」

「我問你，幾時能替我買架編織機？作為我高中畢業的禮物。」

編織機？這實在是個大問題，不是阿瑞的經濟能力所能解決的。

阿瑞本名陳達瑞，是她轉彎抹角的表哥。他倆從小曾在一塊兒穿開襠褲，捉迷藏，和蹲坐在老祖母的面前，豎著耳朵，靜靜地聽著「七仙女」的故事。她十二歲那年，由父母之命，他們兩家互訂了秦晉之好。

可是，十年以後，陳家家道中落。陳達瑞初中畢業後，為了供養老父，不得不從此輟學，在某地方機關，擔任文書收發工作。

沈蕙琳要架編織機，陳達瑞每月薪水有限，無力購買。但，他為了要滿足未婚妻的需要，只得對她許下心願：「從下個月起，我為妳開始積蓄……」

「算了，算了，下個月我便畢業了。」沈蕙琳偏著頭。不悅地說。

「那……那……」他無法回答，只得垂頭喪氣地離開了她家。

她高中畢業時，陳達瑞送了她一支鋼筆；那是他一個月薪水，給了奉養老父外的餘款。沈蕙琳把它擲在地上：「我用不著，用不著你送鋼筆！」

對，她用不著鋼筆了。她在一年以前，就眼巴巴地望著早日能夠畢業。在她想來，只要畢業了，就像小鳥飛出了牢籠，海闊天空，任她飛翔；她要在枝頭上跳躍，歌唱，她自認為只有她才懂得歌唱。她還要站在高崗上瞭望人類，在海灘上漫步，碧海蒼蒼，做著美麗的夢。

「好吧！」阿瑞無可柰何地把鋼筆拾了回來：「再過三個月，我便替妳買架編織機。」

三個月時時間多長啊，這是她所不能忍受的，也使她無限氣忿：「你給我滾，快滾出去！」

她必須促他趕快離開她家，她急著整容，去參加今晚楊總經理的兒子楊大有的舞會，今年才三十歲，他答應送給她的金鍊子，沒有一兩，也少不了八錢。

「蕙琳！」他卻心平氣和的叫道：「妳怎能這樣地對待我呢？」

「這樣對你，還算客氣了，老實告訴你吧，從此以後，別再來我家了。」她板著臉孔說。

他的眼眶裡冒出了淚珠：「惠琳，我們從小……」

「我只重視現在，追求未來，不回憶過去，請快些回去吧！」

「不管妳怎樣對待我，」他羞赧地低著頭說：「我愛妳的心，永遠不變。」

「謝謝你的好意，不過，你對我不瞭解，尤其是不瞭解我的為人和我的個性。」她淡淡地，嚴肅地說：「而我對你卻很瞭解，在我看來，你是個沒有出息的男人。」

他認為自已是瞭解她的，沒想到他一再給他難堪。是可忍，孰不可忍？因此，他立刻恢復了男性應有的尊嚴；「那麼，就請妳說說你的為人和妳的個性吧！」

「哼！」她牽動著嘴角，笑了笑：「我的為人嘛，光明磊落；我的個性嘛，直截了當，乾脆，我告訴你吧！別再來找我了，我和楊總經理的兒子楊大有，已經決定在下月結婚。」

「蕙琳！妳……妳好殘忍！」

他快暈倒了，恍惚中離開了她家。

三

當晚，她跟楊大有通宵共舞，她倒在他的懷裡，似真似幻的，在她腦海裏出現了一座幽美的別墅，黑色的轎車在門口停住了，車上走下來的是體格健壯的楊大有，於是，她像飛燕似的迎了上去；「大有，我最親愛的。」

他抱緊了她，吻，像雨點，落在她的額上、臉上，然後，落在她的嘴上。她陶醉了，在美麗的夢裏……

夢回清醒後，她才發現自己不在那悠揚的舞廳裏。她的頭枕在楊大有的臂彎裏。

「我們在下月就舉行婚禮。」楊大有說：

「那時候，我要媽驚奇。」她得意地說：在她想來，她找了這麼一位金龜婿，媽—她老人家一定會驚喜得跳了起來。

她睡在楊大有的臂彎裏，開始計劃著：在她結婚後，她要請媽住在自己的別墅裏，朝夕奉養，對鄰居們炫耀，她是世界上獨一無二的孝女，她要送弟妹們都讀大學，使她們都說她是個好大姐。

還有，許許多多的理想和抱負，都要在別墅裏實現。

於是，她做了一個美麗的夢，夢裏，楊大有挽著她的手，踏著悠揚的婚禮進行曲……一覺醒來，朝陽像聖誕老人似的，偷偷地射進了玻璃窗，在她的臥室裏，撒下了金黃色的光輝。

她抬起玉手，翻了個身，叫了一聲「大有」，準備抱著他的頭時，竟想不到她竟撲了個空。

於是，她高聲叫著：「大有，大有……」房門緊閉，靜悄悄的，沒有回聲。

她翻身坐了起來，發現枕頭上留有一封信。她匆忙地讀著：

沈小姐：

對不起，我先走了。我原來決定下月和妳結婚，三思以後，覺得事情不是那麼簡單。

我是個坦白，直截了當的人，讓我告訴妳吧，我的太太和兒子，下月從新加坡回國來，我不能一錯再錯……

枕頭下有臺幣壹萬元，送給妳買架編織機（這是妳向我提出的）和奉養老母……

最後，我向妳致萬分的歉意

祝妳

快樂

楊大有敬留五月二日

「嗚、嗚、嗚……」她哭了，淚水像斷了線的串珠，滾滾而下。但，淚水填滿不了人生的遺憾。

她要堅強起來，從新做人，從新做夢。

一萬元的巨款，在十年以前，是一個可觀的數字。她用它開設這家「美麗毛線編織店」。

她不再去找楊大有了，因為那樣做，如果東窗事發，對她反而不利。她要以這小小的編織店做基礎，重新編織她的美夢。

在妹妹們的心目中，大姐有了秘密。

四妹蓉琳說：「我看見大姐和青年畫家李志清散步。」

「才不對啦！」三妹蘭琳說：「我看到她和××戲院的老板在「豪華」舞廳共舞。」

「妳胡說！」年輕的四妹不承認自己錯了：「上星期日，大姐親自對我說的：她還帶我去參親了李志清的畫展，看見李志清畫的鳳凰，真似可以展翅高飛……」

「妳們倆說謊！」二妹菁琳插上嘴：「大姐的男朋友，就是那天來我們家定做毛線衣的林科長。這是大姐親自說的。」

她們三姐妹說的都不錯，這三位都是沈蕙琳夢中的男朋友，誰是真正的意中人，便只有她自己知道了。

她愛李志清，因為他多才多藝。可是，「十個畫家九個窮」，儘管李志清曾對她一片癡情，她卻揮動了無情劍，斬斷了情絲。王老板雖然有錢，可是，他已經兒女成群，有楊大有的教訓在先，她決不嫁給他。至於林科長呢？雖然才三十四歲，可是，他是離過婚的人，她必須鄭重考慮……

於是，一年，兩年的過去了。她美麗的青春，就在編織機「刷、刷」的聲音中渡過。可是，編織機的聲音，不能驚醒她的夢。

五年以前，地突然嫁給一位寫武俠小說的作家邱本全先生。她之所以嫁給他，除了因為閱讀武俠小說而仰慕他的大名外，她從他的朋友嘴裏聽說他存有巨款。可是，在他倆新婚不久，她便澈底弄清楚了，他也是一個沒有錢的窮小說家。

從此，她跟他在窮中煎熬。可是，像她那麼美麗的女人。把窮加在她的生活上，是上帝極不合理的安排。

因此，夫婦倆常常不睦。

「這種生活，你熬得了，我可受不了！」一天晚上，她向丈夫忿怒地說：

「我們的生活並不壞啊！」他淡淡地回答著：

「你還說不壞，人家——我跟你倒了大霉。」

「蕙琳！不要這樣說話，好嗎？」

「沒甚麼不好的，我只求生活過得好些。」

「少打牌，便生活好了。」

「呀！難道我打牌，你也要管嗎？」

「我沒有管妳的意思，不過，你一個晚上輸悼一千元……」

「可是，我也有贏的時候。」

「我不管輸和贏，打牌便是惡習。」

「假如你不樂意我去打牌，便……」

「便怎樣呢？」他惶惶地望著她。

「在現實的社會裏，一個女人必須面對現實；我們最好是離婚，免得……」她狠心地說。

「離婚！」對他像是晴天霹靂：「就為了這個離婚？」

「還有，我不能接受苦，難道還不算虐待。」

「我沒有虐待你啊，蕙琳！，」

「跟著你受苦，難道不是虐待。」

就這樣，他倆像結婚時那樣地，在地方法院辦妥了離婚手續。

四

一個美麗的女人，永遠是不甘寂寞的。

離婚後的沈蕙琳，怎能熬得了寂寞的生活。

但，生長在我們的社會裏，時代隨人類登陸太空而進步，而時代加給人們的苦悶，也一天一天地沉重得使人透不過氣來。因此，人們便急切地追求著物質以外的「精神享受」，而女人便成了時代的寵兒，也成這時代的犧牲者，女明星唱一支黃梅調，便可使人如醉如癡；長堤的「世界小姐」芳踪所到之處，浩大的歡呼場面，尤勝過了古羅馬的武士凱旋榮歸。沈蕙琳也像許多女孩子似的，看清了這「時代病」，雖然，她是離了婚的女人，可是，在當今社會，男人們不會計較這些，歐美的女明星，嫁過四五任丈夫的，相反地更紅更艷。但，她已年過三十，儘管她的美麗可以和日月爭輝，年齡究竟還是女人最重要的資本。她既不能參加「鬪美」（選舉世界小姐），也不能到歌舞廳裏去賣唱，更不能在水銀燈下嫵媚弄姿。因此，她不得不回到那家「美麗毛線編織店」。這家店鋪，曾是她一手開創，母親不能拒絕，弟妹們更是無話可說。

「刷，刷，刷」編織機不停地推動著，一年二年三年無聲無息地過去了。

眼角的魚尾紋，驚醒了她那美麗的夢。

前些日子，她去拜訪了表哥陳達瑞。呀！他不僅仍是孤家寡人的與老父共居，而且還沒有一個知心的女朋友。這十年來，阿瑞從「沒有出息的男人」，先後參加普考，高考及格，一步一步地往上爬，做了某單位的小主管。

阿瑞去上班未回，陳老先生熱情地招待她：「阿琳，這些來，我常常在想念妳，妳為甚麼不來看我呢？」

「店裏的事，太忙了。」其實呢？她根本就忘記了阿瑞和陳老先生。

「唉！」陳老先生嘆了口氣：「阿琳，妳和阿瑞早就應該……」

她羞赧地低下了頭，心裏想道：現在仍然還來得及呀。

「等阿瑞下班後，我要他陪妳去看電影」陳老先生一直就很喜歡阿琳，從他的心底深處，希望自己兒子娶這麼一位好媳婦。如今，兒子已年過三十，再不娶親，是他所最關心的。

當晚，陳達瑞在父親的囑咐下，陪蕙琳看了場電影，而且約定今晚在「夢露咖啡室」再度會晤。他愛她的心一直未變：對她的遭遇，非常同情。這是出乎蕙琳意料之外的，也使她寂寞的心，獲得了無上的安慰。

破碎的愛情，是像破了洞的毛線衣，是可以縫補的。

愛情，夢，像織毛線衣似的，用編織機編織而成。

沈蕙琳修妥了編織機的斷針後，得意地笑了。

「刷，刷，刷……」她推動編織機。這件毛線衣織成後，她要親手穿在阿瑞身上，溫暖著他那曾經過破碎的心。

今天晚上的約會，只要阿瑞一句話，她便可倒在他的懷裏，共同做著美麗的夢。

「夢露咖啡室」坐落在市區的中央，蕙琳和阿瑞在幽暗的燈光下，相偎相依地聊著。

「只有一件事，我不瞭解。」

「甚麼事呢？」她甜甜地問著：

「妳沒有理由跟邱本全離婚。」

「你不知道，最好是不要問！」

「我就是想知道這件事。」

「理由很簡單，他是個窮作家！」

「據我所知道，他並不窮；即便是窮，也不能做為離婚的理由。」

「就因為他窮，對我是一種虐待：一個女人，必須面對現實。」她毫不考慮地說：

在阿瑞的心裏，立刻刺下了一枚鐵針。他腦海裏不斷地旋轉著：「好啊！假如妳將來再面對現實時……」因此，他痛苦著，沉悶不語。

「怎麼！你不說話了？」

「蕙琳！」他推開了她偎依著的嬌軀：「我們是永遠不能結婚的。」

「為甚麼？」她急了。

「因為愛情不是編織成的，」他脫下了那件軟綿綿的毛線衣：「這個，妳帶回去！」

接著，他走出了咖啡室。

她惶惶地望著那件毛線衣。

「刷、刷、……」編織機的聲音，在她腦海裏消失，消失了。

（全文完）

（本文刊登於四十年前的香港〈文壇雜誌〉）

醉酒記

一

英子結婚的那一天，我恍恍惚惚地走進了「醉仙樓」大酒家。

「喂！快拿酒來！」

「先生！喝什麼酒？」一個嬌滴滴的聲音回答著我，我不屑注意她。

「金門『高粱』！」我習慣了金門高粱酒。

「我們這兒沒有金門『高粱』，只有臺灣『高粱』！」

「臺灣『高粱』也行。先來一打！」

「一打？」

「對，一打！」

不一會，她提了一瓶：「先生！請先喝一瓶。炒個甚麼菜？」

「一盤『全家福』！」我提到全家福，立刻想到這話頭不對：「喂！我不要『全家福』了，清燉雞、紅燒牛肉吧！」

「先生！」她挨著我坐下來：「是和太太生氣？」

「哈！哈！哈！……」我狂笑著：「假如我有太太，怎會到你這兒來！」

「那麼，是跟愛人？……」

「假如我有愛人，也不會到你這兒來！」

「一定是為了事業？……」

「我的事業一帆風順！」我見她糾纏不清，便有點兒氣惱了：「喂！你是陪客喝酒的，還是當法官查案的？」

「法官兼陪酒的！」她調侃著說。

「既是法官，那麼，我老老實實告訴你，我失戀了！你該不再囉嗦了吧！」

「先生，看你這副相像……」

「怎麼？我這副相像……」

「是受了無限委屈，我希望您把事情看開點，天涯何處無芳草，破裂了的愛情，可以縫補的呀！」

破裂了的愛情可以縫補，哈哈！誰能替我縫補呢？我和英子有四年的交情，到頭來，還是落了空！這世界，我沒甚可求的！

突然，我抬起頭來，眼前的陪酒姑娘，使我放下了酒杯，愕愕的死盯著她！

「幹嗎？這麼的瞪著我！」

我仍是凝神地望著她，她，苗條的身材，醉人的梨渦，圓圓的鼻樑和玫瑰花似的小嘴，唯有那躲在白色近視鏡片後的眼睛，死板板的沒一點兒誘惑，最使我發愣的，還是她上嘴唇邊那個像大鐵釘似的黑痣。

「英子，她……」我神不自主地說，英子也像她一樣地有個大黑痣。之後，我用手指著她：「妳這個痣……」

「怎麼？我這個痣？」她疑惑地說。

「請你遠離我，我不要你陪酒！」

「先生，為甚麼呢？」她惶恐地說。

「因為妳這個痣，相命先生說是『淫痣』！」

「嘻！嘻！這是假痣呀！不信，我可以把它擦掉！」果然，她用手絹把它擦了去。

不油然地使我對她生了好奇心：「小姐！請問妳貴姓？」

「我姓陳！」她落落地說。

「還有，妳的芳名？」

「小名富代！」

「好一個富代，好一個富代啊！」

「您這人……」

「我這人…嘻！還要請問妳家住何方呀？」

「先生！」她學著我剛才的語氣說：「您是來喝酒的，還是來查案的？」

「是喝酒兼查案的！」我也學著她的語氣說。

「既是查案的，我老老實實的告訴您，家住那『出口成章』的地方！」

「啊！是『談文』，好一個地方！還有，妳家裡？……」

她趕緊舉著杯，意欲以酒岔開我的問話：「先生！我敬您一杯！」

「哈！哈！哈！……」

「幹嗎？您又狂笑！」

「妳慷他人之慨——酒是我的！」

「那麼，這瓶酒，不算帳，好嗎？」

「好，好極了！」

「先生！可談談您愛人的事？」

「別談了，她正在『明故宮』舉行婚禮呀？」我剛提到「明故宮」，心頭裏立刻像受了鐵錘的猛擊：「快倒酒！」我狂飲了三大盅。

「再來一瓶！」

「再來一瓶呀！格老子的，我少不了你們的錢！」

「………」

天崩地裂後，我倒了下來！

二

第二天清晨，我睜開了猩紅的眼：「呀！是你！快走開！」陳小姐站在我的床前。

「好不害臊啊！昨晚兒害得我整夜未眠！」她嬌怒著說：「喝得酩酊大醉，又吐又叫，像是瘋人院裏的……」

「瘋人院？」

「差點兒送去警局，要不是……」看她的表情，似乎她給了我甚麼恩惠：「好吧，您該走了！」

走！一刻也不能遲疑了，明天的大演習，我得回去策劃：「陳小姐！就請你算帳吧！」

另一位妖艷的小姐卻在旁搶著說：「我早就算好啦，不算『開房間』的錢，一共是二百四十六元！還倒賠台灣『高粱』一瓶！」

「小姐！」我轉頭瞅著她：「請說話客氣點！」那是因為她提到「開房間」，我從來就沒這穢事，雖然我喜歡杯中物，酒色卻分得清清楚楚！

「哼！」她翹著嘴：「要是不客氣的話，少一毛也不行！」

「阿秀！」陳小姐接著說：「這位先生以後光臨時，再謝你；你快別多嘴了，要是……」我猜定她未完的話：「要是老板聽著了……」

「好吧！」阿秀立刻嬌笑著：「下次光臨時，可別忘了替你家『大姐』帶可口的水果來！」

「陳小姐！」我無心和阿秀打情罵俏，誠誠懇懇地望著陳小姐說：「我謝謝你！你是位有才有學的女子，此次艷遇，當不忘盛意！」

我說後，如數付了賬。

她以疑惑的眼光望著我，似乎不相信我的話。

我又接著說：「從你戴的這副近視眼鏡裏，我發現你非庸碌之流！如不是女中豪傑，定是風塵俠女！」

「您太過獎了，一個人的行為，與她的眼鏡毫無關係！」

「我是說你的眼睛！」

「我的眼睛？」她以為我譏諷她是近視眼。

「對！我是說你的眼睛近視，是在校讀書時，過度用功所致；不是先天的近視，所以我斷定你是個『才女』，唯有知書達理的人，才有豐富的熱情！」

「我不相信，您能斷定我的眼睛不是先天近視？」

「不管是先天或後天，我能斷定你是『俠女』，是事實——你昨天晚上對我的照顧。」

「您這人真會說話！」

「當然囉！就是因為過分會說話，人家便認為一字一句，都是美麗的謊言；一舉一動，都是烏鴉披著鳳凰的羽毛！」

「所以，您的英子……」

「陳小姐！再見！」她剛提到英子，我便氣憤的離開了她！

三

不知怎的？自從我離開「醉仙樓」的時候起，陳富代的一顰一笑，一言一行，在我的腦海裡縈繞著，我驅之不去！她為甚麼對我這般熱情呢？是因為我失戀？是同情我是個流浪人？是欣賞我這對灼灼發光的眼睛，和黝黑的健康美？……每一個問題，都經過我再三推敲，推來又敲去，還是去向她本人索取答案吧！

一星期以後！我買了兩個蘋果，昂頭挺胸，直闖進了「醉仙樓」大酒家。

「快取金門『高梁』來！」剛坐定，我便裝模作樣地說。

來招呼我的是阿秀，從她謎也似的眼睛裡，我發現她對我已健忘了。

「阿秀！快去請陳小姐來！」

「喲！原來是您！」她那對大眸子向我滴溜溜地旋轉後：「這兩個蘋果，是請您家『大姐』的嗎？」

「當然是請你的，不過，先替我請陳小姐來！」

「好！我馬上去，您等著！」她的談吐，她的天真，不但不像是個「大姐」，倒像是豎著兩條小瓣子的林家黃毛丫頭，當我每次去她家造訪時，只是給了她一個泡泡糖，便

「叔叔長，叔叔短」的親親熱熱，替我倒茶遞煙。

奇怪！過了漫長的二十分鐘，陳小姐才姍姍來遲！她見了我，兩頰的梨渦，也沒有像霓虹燈似的時隱時現，除了原本不知表情的眼睛外小嘴也抿得緊緊的。如果說她是個陪酒姑娘，倒不如說是一個名門的貴婦，是她的莊嚴，促使我結結巴巴地說：「陳小姐！那天晚上的事……」我意欲借著道歉打開她對我嚴肅的氣氛！

「您快別提過去了，我討厭過去！」

「那麼，今天……我來看你，這兩個蘋果是送阿秀的！」我說後，把蘋果遞給了在一旁佇立的阿秀。

想不到阿秀在接過蘋果後，卻脫口而出：「啥東西給陳小姐呢？」問得我難以作答，我根本就沒準備送東西給她！

正在我被問得面紅耳赤時，她卻拍著掌，跺著腳說：「啊！我猜著了！您是準備偷偷摸摸才送給她的，好吧，我走了，恕不謝你。」

阿秀走後，陳小姐挨著我坐了下來，她那沒擦脂抹粉，樸樸素素的打扮，使我好像從她的靈魂深處，聞到了一股醉人的芬芳！

男女間的關係，像太空似的奧妙無窮，我和陳小姐只有過一夜的交情，而這一夜的情分，我也只是在酒醉後，失去了知覺後的交感！如果說這也能算「一夜夫妻百日情」，那麼，陳小姐不應該用沉默來表示她對我的冷淡！但，我為甚麼也對她羞紅著臉，低著頭呢？啊！我是用低頭來表示她對我沉默——「不歡迎」的抗議！最後，還是我來打開這死沉沉的氣氛：「陳小姐！妳……好？」

「好！」她淡淡地回答著：「您為甚麼又到這兒來？」

「為甚麼我不能來？」

「這兒不是您來的地方！」

「可是，我必須……」

「必須做甚麼呢？」她搶著說。

「我必須縫補破裂了的愛情！」

「那麼，你找錯了門檻！」她直截了當地把您呼稱為你了！

「這兒是『醉仙樓』，只能使仙人醉倒，摸不著門路，像我這凡人，永遠也錯不了方向！」

「你錯了，明天，你就知道大錯了！」

「至少我今天沒有錯！」

「今天，你是喝醉了酒，酒醒時，便後悔莫及！」

「陳小姐！」我不願和她轉彎抹角：「難道妳對我毫無認識嗎？」

「啊！我還不知道你貴姓呀？」

「我姓張！」我趕緊忙著為自己介紹：「名叫力矢」！

「啊！……」她又「啊」了一聲，凝神地望著我：「是『風亂』，『橋樑』的作者張力矢先生？」

「是！是！是我的拙作，還請小姐多多指教。」

「指教！倒談不上，不過……有位客人在等著我，我要去陪他。你最好是先走了，否則，便在這兒坐一會！」說罷，掉頭就走。

去陪另一位客人，我氣憤極了！難道我不是客人嗎？好吧，我決不寬恕妳，妳等著瞧！我請來了老板娘，一位像如來佛似的胖婆，我在她的耳邊這樣那樣說了兩遍，又抬著我的雙手，在她的面前，如此這般地比劃了兩次。終於，她把眼睛笑得迷迷地說：「晚上十一時正，我叫她準時到達『高賓』大旅館！」當然，我給了一捲鈔票，而且數目可觀。

四

十一時正，她走進了我開好了的房間，一進門，便臉孔繃得緊緊的，嘴唇也發著青紫，顫顫抖抖的雙手，迅速地把全身脫得一絲不掛，橫躺在大沙發床上……，緊閉雙眼。

我趕緊用棉被將她全身遮蔽了，她卻使勁地扔開了它，把近視眼鏡也打落了床下：「怎麼！難道你還不滿足！不喜歡？」

「富代！富代！」我狂呼著她的名字，我羞愧交集：「請妳別這樣虐待我！」

「虐待你？」她坐了起來：「你可知道？你在虐待人！假如我是你的妹妹，誰無兄弟姐妹呢？」她說著，淚水從她的眼角邊汩汩地躺著。

我不知所措。

「你以為金錢是神聖的嗎？尤其是對我們這種人……」

我吻著她的嘴，她的嘴唇顫抖；我吻著她的眼，她的眼躺著淚，我吻著她的毛髮，她的毛髮豎立著。

「富代！富代！」除了叫她的名字，我又有何話可說呢？

「到底要怎樣才能使你滿足，你快說！」她仍不饒恕我！

「富代！我愛妳！」

「愛我？」她驚愕地望著我，顫顫抖抖的雙手抓緊了我的兩臂；之後，連搖了兩個頭。

「你不相信？」

她又搖了搖頭。

「那麼，究竟為甚麼呢？」

「我害怕過去，更不敢面對未來！」

「過去的讓它過去了，未來的從此滋長！」

「我擺脫不了過去，過去，埋葬了我的人生——靈魂和血肉，活著的只是髏骷殘軀！」她鬆開了抓緊我的手：「感謝你的盛意……」

「富代！快別這樣說了！」我摟緊著她：「妳的靈魂美麗芬芳，妳的血液熱情奔放，我愛妳，可以在上帝的眼前舉手宣誓！」

「快別說宣誓了，你們男人的誓言，還抵不上一瓶『高粱』呀！」

「那麼，你們女人的誓言呢？」

「女人是『水做的』，用不著誓言！」

「富代！不管怎樣，妳得答應我！」

「張先生！」她忽然瞅著我說：「我答應了你，不過……請先替我洗去過去的污穢——我們女人的靈魂和血肉，竟只抵得上你們男人的一捲鈔票……」她嗚咽著。

「富代！」我安慰她：「一個罪人得到上帝的聖水洗禮後，尚且可以『立地成佛』，妳過去並沒犯罪，只是妳的環境……」我撫弄著她的頭髮，百般安慰，說得她倒在我的懷裡，呼呼入睡了。

第二天清晨，我倆分道揚鑣，沒有預期的約會。事實上，她如果認為我的話都是「美麗的謊言」，不是情人的「山盟海誓」，總該向我表示：「你這流浪人！你這張嘴，倒是走江湖的能手呀！」但，她明明白白說過：「我答應了你，不過……」啊！我想著了，我得馬上籌足一筆相當可觀的現款，把她的「殘軀髏骨」從火坑裡救了出來！唯有這樣，我才能替她洗去那「過去的污穢」！

兩星期後我又到了「醉仙樓」。

出乎意料之外，她竟向我發狂地迎了上來，緊摟著我：「怎麼？這些日子，你怎不來呢？」

「這兒不是我來的地方，有人不歡迎我！」我想到上次來看她不受歡迎的情景，便調侃著說。

「噢！你總喜歡記著『過去』！」她把「過去」兩字特別提高了嗓音。

「怎不記得呢！有位最美麗的小姐，陪著我睡了兩晚，只可惜我這人太傻瓜，放過了大好機會！……」我發覺她今天，雙眉緊鎖，雖然想強做歡顏，兩個梨渦卻不爭氣，沒我們初次見面時轉動得自然，甜蜜！兩個裝著沒有表情的大眼睛的眼眶，透過白色的鏡片，有道墨也似的黑圈。啊！這些日來，不知她又受了甚麼委屈？出賣自己的靈魂，供他人娛樂，我同情她！我要以我生命的熱，溫暖她已被寒流侵蝕了的心：「富代！這些日子來，妳？……」

「沒什麼，我很好，你呢？」

「我也很好，只是太想妳了！」

「別太傻了，胡思亂想會損壞身體的！」

「啊！富代，告訴你一個好消息！」

「甚麼好消息？」

「我有錢了？」前些日，我從叔父處借來了兩萬元，言明是籌款經商。

「錢！」她的大眼睛乾瞪著我：「請不要提及錢，它的名字，它的本身我都恨！」她說後，掙開了我的摟抱！

「可是，有了錢……」

「呸！呸！」我還沒把話頭說完，她便狠狠地碎了兩聲，氣急著走進了隔壁的臥室。

「張先生！」阿秀從另一間門口遮著黑色布帷的房子裏走了出來：「怎麼沒帶蘋果呢？」

我沒理她。

「張先生！」她挨著我坐了下來：「別生氣呀，等會兒去向她道歉！」

「呸！」我氣急了：「鬼才去向她道歉，妳們這些下……」「下」字下面自然接著「下流」「下賤」，我覺得這話太過份了，便把已溜到嘴邊的話嚥了下去，但，阿秀是何等聰明的女孩子。

「張先生！不用你說，我們是下流人；不過，我們是明目張膽的下流；你可曾見到一些衣冠禽獸的人，比下流人還千百倍的下流啦！」

當我和阿秀談話時，我發覺「嗚嗚」的哭泣聲，從富代的房間裡傳了出來，我聲如洪鐘的話音，當然會像刺一樣地戳透了她的心！

這場面尷尬極了，我趕緊低下頭來：「阿秀！我承認錯了；她也不應該無緣無故的『啐』我！」

「我句句都聽清楚了，我們不稀罕錢！」

「她誤會了，好阿秀，請聽我說吧！我本意是對她說籌了一筆錢，準備勸她別再在這兒受氣了！假如我真把妳倆比做平庸之輩，我不會再三到這兒來……」

阿秀被我說服了，在她的談吐中，我獲悉了富代的身世：她原本有個美滿的家，正當她高中快畢業時，家庭橫遭變故！哥哥經商蝕本，債臺高築；母親病住醫院，奄奄一息；年輕的弟妹們嗷嗷待哺……於是，她和這家「醉仙樓」簽訂了十年的「合約」，酬金是臺幣四萬元，前些日，我酒醉「醉仙樓」時，正是她「服務」三週年紀念；三年來，哥哥將四萬元早已如數提走，年老的父母，年輕無知的弟妹們，仍然常常向她伸手：「錢！」

四萬元埋葬了十年的青春！「醉仙樓」倒像是尼羅王的金字塔，而她——美麗的陳富代，是金字塔裡陪著皇帝長眠的艷后，妖姬……

我不敢再想下去了，阿秀仍滔滔不絕說：「自從和您相識以後，我發現阿代姐心神不定，尤其是近兩週來，常掀開窓帷，呆望街道的行人，而您卻偏偏不來，今天來了，又偏偏說些煞風景的話……！」

「富代！」我起身向富代的房間裡狂奔了去！阿秀在身後警告我：「小聲點！」大概她懼怕那樓底下的「如來佛」——老板！

我推開了富代的房門，她正埋首枕畔，嚎啕不已！

「富代！請原諒我？」

她怎能原諒我呢？只那句「妳們這些下……」，就足以刺透了她的心，毀滅她那像孤魂遊鬼似的靈魂！

她不能原諒！「唉！」我歎著氣，離開了她。

難道這都是我的錯？我不承認！有人說和一個少女談戀愛，像是千軍萬馬闖入無人之境；和一個妓女談戀愛，卻像是匹馬單槍，攻打一個堅固的城堡！

我像是戰敗的鬪士，拖著疲憊的腳步，默默地走著走著，我不希望任何朋友發現我，我害怕他們會向我打招呼：「老張！您好？」

五

她真不原諒我嗎？我不相信！那天從「錢」是導火線引發的炸彈——「妳們這些下……」足以損害了我們的情誼，但我已向她低聲下氣道了歉，她雖然冷冰冰的餘怒未消，也並沒為我們的友誼下「逐客令」；我吻了她的臉，她是以哭聲回答的。

走！得再到「醉仙樓」去！

果然，阿秀笑盈盈的，甜甜地迎著我，迅速地轉頭望著富代的房間嚷道：「阿代姐，他來了啦！」

「好了！」我心裡想道：「過去的大概『過去』了，我得聽她的話，永遠不再提『過去』！」

「蓬門」啟開，富代手掀門帷半遮臉，羞羞答答的站立著。

「還不快些進去！」阿秀從我身後猛推了一掌，我順勢閃進了富代的房間。

「富代！妳好？」我結巴巴地說。

她低著頭：「你好？」

我們低著頭，不知低了多久！我發現彼此低頭，最容易傳遞情感，那是因為男女間的

「一切」，都必須兩相默認，表現默認的是點頭，點頭便必須低頭！

突然，火山爆發，洪水翻騰；天崩裂了，地球換軸了……，我倆管不了這些！

「富代！妳幾時可離開這兒？」

「七年以後！」

「七年以後？」我故作驚疑。

「嗯！七年以後！」

「不可以早想辦法？」

「你等不了？」

「不是為了這個，而是說早些離開這兒，讓我倆朝夕廝守，天老地荒……」

「但，有啥辦法呢？」

因為「錢」怕再觸怒她，我只得轉彎抹角地說：「譬如由我出面，向老板交涉……」

「不可能的！」她洩氣地說。

啊！有了，她們並沒像囚犯似地替妳加上手拷腳鍊，隨時都可一走了之！」

「嘻！嘻！……」她嬌笑後：「你太天真了，告訴你吧！我隨時都走得了，可是，第一保證人，第二保證人，第三保證人…他們可走不了呀！」

「碰！」我在床頭狠狠地捶了一拳，我為她抱不平，恨不得槍殺那些對她過份殘忍的人。

「富代！我有句話必須和妳說，先請妳別生氣！」

「你說好了！」

「我籌措了二萬元，今天晚上就可替妳向老板交涉！」

「不行！」這次提到錢，她果然沒生氣：「恐怕不行嗎？」

一切都出乎意料之外，經過了三天的糾纏，我和「醉仙樓」的這筆生意，以八千元成了「交」！感謝那個肥胖的老板娘，她坐享他人供奉的煙火，卻有一顆如來佛的心！

我和富代租妥了房屋，共同享受人間的樂趣；她對我百般溫柔。我為她的損失，不在乎八千元，而是我的朋友不屑與我為友，我的上級視我「沒出息」，我的叔父——我唯一的親戚與我脫離關係，嚴詞苛責，並要求歸還兩萬元……這些，也只是人海中的輕波小浪，未來的狂風暴雨，我沒有事先加強防備的措施，演成了大錯！

「富代！我們的婚事，在禮貌上得先徵得妳父母的同意。」

「不必徵得他們的同意；昨天，我爸來過這兒了！」

「他已答應了？」

她不自然地點了個頭：「喂！你打算幾時結婚！」

「我已申請了，很快就可批准！」我也不自然地說。

「別騙我了，力矢！你為我受的損失太大！」

「我沒騙妳呀！以後不准妳說甚麼損失不損失的！」

「噢！」不知怎的？她今天格外消極！

不一會，她緊摟著我：「力矢！我愛你，我愛你呀！」接著，她竟「嗚嗚」地嗚咽著。

「有甚可哭的！誰也分離不了我們！」

誰也分離不了我們，天知道！

第三天晚上，我回到家時，房東太太遞給我一把鑰匙：「你太太外出了！」她認為我倆是夫婦。

「幾時外出的？」

「昨天上午！」

我打開了房門，桌上留了張信：

力矢！我的愛啊！我愛你！

我們的婚事，不可能了，但願來生……

我的父親向我索取聘金兩萬元，否則，脫離父女關係，一個人在父母不以為子的時候，怎能覥顏人世！

你的親友反對這件婚事，別瞞著我，我早就打聽清楚了……你的事業，不容許你有一個出身微賤的酒女為妻……

最受不了的是我的哥哥，他出賣自已妹妹的靈魂去蹂躪他人的妹妹，他向我索取三萬元，否則，便毀了我的容！父兄共索取五萬元，你怎負擔得了？我要向他們提出抗議！

我不願意你再為我犧牲，為你犧牲是我的樂趣！

我要用碧清清的潭水，洗潔我身上的骯髒，讓美麗新鮮的靈魂，永遠伴隨著你！

別為我難過，去奔走明天的行程！

力矢啊！我的愛啊！我的手發抖，你怎不回來呢？你怎不回來呢？……

眼鏡一副，留作紀念！

陳富代絕筆 五十一、三、六

六

這一次，我走進了另一家「滿春園」大酒家。

「喂！快拿酒來！」

「先生，喝甚麼酒？」

「金門『高粱』！」

「這兒只有臺灣『高粱』！」

「臺灣『高粱』也行，先來一打！」

這位陪酒姑娘，見我神色恍惚，便像富代似的向我問長問短，最後，她也同樣地說：

「天涯何處無芳草，破裂了的愛情，可以縫補的呀！」

「呸！呸！快倒酒！」我討厭她，尤其討厭她說「愛情可以縫補！」「快倒酒呀，少不了妳們的錢！」

「…………」

不要這副近視眼鏡！我把富代留給我的近視眼鏡猛力扔了出去，我恨它，它代表「近視」，它毀了富代呀！但，我又後悔極了！

我哭泣，我捶胸！……

我的視線幌動，富代站在我的跟前，她一串串的淚珠沿腮而下，瞅著我正言厲色：

「去奔走明天的行程！」

「明天——我討厭它，正像妳憎惡過去！」

我還聽見「噗通」一聲：啊！我倒下了！讓我安息吧！

不知經過了多久，我躺在一間白色的房間裡，穿白衣服的人在我身上胡亂地「刺」了許多次，她們該不是送喪的，他們口口聲聲地說：「沒關係的，只是喝醉了！」

「謝天謝地！」這是我的上級楊先生的話：「但願他明天醒了過來！」

但願明天清醒了！明天，人海茫茫，我必須準備另一次大演習！

五十一年四月二十八日刊「東台日報」

作者說明：本篇小說為作者初試小說寫作的第二篇小說（前一篇為〈風亂〉），發表於民國五十一年三月九日的「東台日報」副刊。內容、文字、創作技巧等十分拙劣，夾帶書中，留作紀念。

茶、同情

一

許老師陪同我來到這村子裡，是為了採訪一則新聞，他過去的學生阿秀，她的朋友陳小姐是我要訪問的對象。

這村子，環山臨溪、樸素、農夫們揮鋤田間，採茶的姑娘們蹦蹦跳跳……剛走進村口，我便心曠神怡，由於過分的欣慰，不油然地歎了口氣。

「別著急！我會叫我的學生，盡力協助你完成任務……」許老師見我歎氣便親切地說。

「不是為了採訪，而是……」

「而是甚麼？」

「我為世人的愚蠢而歎氣，他們朝朝暮暮身在桃花源中！」

「哈！哈！你們搞文藝工作的人。真是多愁善感！」

「阿秀的朋友，不就為了嚮往「世外桃源」，去那花花世界……」

「你還不瞭解內情，快別信口雌黃了！這兒的居民，都是安分守己的！」

我倆談著，談著，走到了一家大門半掩的門前，一位老太太，睜著凹得像小黑洞似的眼睛，打量了我們週身上下後，便慈容滿面地說：「先生！找誰呀？」

「找阿秀小姐！」我直截了當地說。

「啊！她採茶去了！」

「那怎辦呢？」我望著許老師焦急地說。

「老太太！她在那兒採茶！」許老師代我詢問著。

「在後村的山上！」老太太說後，見我們焦急的神情，便關切地問道：「先生，找她有什麼事呢？」

「有件要緊的事，要緊的公事！」我說。

「要上山去找她嗎？」

「要！要！當然要！」上山去，可瀏覽青山翠谷，可和採茶的姑娘……我何樂而不為。

「好！我和你們去！」老太太說後，便大邁八字步，領導我們開始爬山。

半晌，我們已到山腰，出乎意料外，老太太竟宏亮地叫道：「阿──翠──啊──」這聲音像空谷鵬鳥長鳴，立刻從對山的山谷傳來了它的回聲！老太太連續三大聲後。

「來──了──」一位身材苗條的小姐，從山上急奔而下。她穿著僅掩著膝蓋的黑短褲，一件綠花開襟上衣，頭罩著斜紋藍花布，露著兩隻神秘的大眼睛，直直的鼻峰上，有幾滴像水晶似的汗珠，氣喘喘地來到我們的面前。

我們瞠目而視，原來是老太太找錯了人。

許老師趕緊說明來意，并不停地道著歉。

「阿秀去台北了！」她清脆的國語，說得像是珠走玉盤。

「你是……」我意欲問她貴姓？是否阿秀的朋友？

「我是阿翠，阿秀的表妹！」她落落地說後，并轉頭瞪了老太太一眼，意思是怪她找錯人。

我們只好匆匆道別，我說：「老許，大事不成，怎辦呢？」

「反正找不到阿秀了，不如上山去吧！」

「幹嗎？上山去！」

「妳不是很喜歡這「桃花源」嗎？不如趁此機會，盡情遊樂，也許可發現奇蹟！」

「奇蹟！」我驚訝地說。

「對！奇蹟，人類唯有不斷地發現奇蹟，才有不斷的進步！」

就這樣，我們開始瀏覽風光，在一處三面為橘樹，無名的闊業樹環繞的墳地上坐下來，望著對面茶地的採茶姑娘們，促膝長談。

不久，她——阿翠來了，左手臂掛著圓形的竹籃，右肩托著長長的鋤頭，雖然去掉了籃花面布，由於她向我們點了個頭，我便斷定是她，奇怪！她竟在墳地旁邊的地瓜地裡，彎著腰，不停的挖著地瓜。

從遙遠的對面傳來了一陣又一陣「採茶的姑娘啊……」的歌聲，我故意放高嗓音說：「每一朵美麗的茶花，代表著悲慘的命運！……採茶的姑娘，怎能同情茶的命運呢？她們，摘著它的綠葉，供人們提神醒腦：採著它的花，不敢掇在衣襟上，卻偏偏手揉腳踏……」

「怪論！怪論！」許老師驚奇地望著我說：「你怎能武斷採茶的姑娘們，不敢將茶花掇在衣襟上！」

「那是因為她們都知道『茶花女』的故事，在這太空時代，誰同情茶花女—瑪格麗特—這永恆的愛呢？」停了一會兒，我又說：「正因為茶花代表著『茶花女』，採茶的姑娘們，不同情她，不屑學她為愛而殉道的精神，便不敢把茶花掇在衣襟上……」

「罷了！罷了！咱們是在遊山賞景，不是來聽你的高論！」

不知何時，阿翠竟用鋤頭末端，頂撐著白嫩的下顎，在凝神地傾聽著我的「高論」，我大膽地走了過去：「小姐！今天的事……」我只有借道歉為藉口。

「沒關係，沒關係……」她連連地說。

「小姐！請問阿秀幾時可回來？」

「她目前不會回來，已在台北服務！」

「她的朋友陳小姐呢？……」

「您是問那曾在台北……」

「對！曾在台北轟動一時的……」

「她！她和阿秀一塊兒去台北了！」

「幹嘛？又為何再去台北？」

「她……她和他……已……」

「已破鏡重圓？」

她不自然地點了個頭。

我立刻向許老師白了一眼：代表著—這則新聞已成了過去。

「小姐！妳的國語說得很流利，過去曾……」我緊接著問道。

她也乾淨俐落地說：「那兒的話，我說得不好，過去曾在台北工作。」

「怎麼會回來呢？」我一步也不放鬆。

「嗯！……以後我要再去！」她支吾地回答後，又說：「今天是星期日，你們為什麼到這兒來玩？又為什麼不帶愛人同來？」

太空時代，是女人的世界，一點兒也不錯，她一發問，就使我結結巴巴地難以回答，只好反問道：「那你為什麼也不陪愛人去玩呢？」

「我以為他今天來找我，不料是你們。」

「他的家住在那裏？」

「住在台北！」

「啊！小姐！」許老師插嘴道：「我們怎比得上你，那兒有愛人呢？」

「那你們的家呢？」

「四海為家！」我急著回答。

「你這位先生……剛才說『茶花女』……」

「那是太空時代以前的事：已是枯燥乏味的歷史了！」

「不過……我認為『茶花女』堪稱為女中的姣姣者！您不該過分貶謫現代的女性！」她說後，向我撒了一個嬌。

她的談吐，她的風度，她的一舉一動……代表著她具有鄉下姑娘的德性，有時代女性的雍容大方，還有，她甜甜地，有熾烈的熱情，像嚴寒裏的火，烈夏的冰，使人覺得分外親切，可愛！

不知怎的？我對「他」很關心，因為他太幸運了，他應該是生長在愛情王國裡的驕子，受人的羨慕，也免不了受人的妒忌。我很吃力地問道：「他今天會來看妳？」

「不！」她搖了個頭：「不會來！」

「那你剛才為什麼這樣興奮呢？誤認我們是……」

她顧左右而言他：「我要回家了。」

我說：「我兩人也該走了！」

「不去我家玩玩？」她禮貌地說。

我望了望許老師，覺得這是千載難逢的機會：「許老師！我替她提地瓜，先去她家喝杯茶？」

「好！」

她的家不大寬敞，佈置得很清潔樸素，堂屋裡雖放了幾件稼俱，卻陳設得很整齊，堂屋的右首是她的臥室，剛走進大門，她便先打開了臥室裡的收音機，奇怪，我從堂屋裡瞧見她的梳妝檯上，竟插了幾朵淡白的茶花！我剛才在山上是否失了言？我望著這茶花，呆呆地，渾渾然然，不知所以。她從房裡跑了出來：「先生，我家太骯髒了！」

「不！很清潔！」我不自然地說。
「先生，真對不起！爸和媽都沒回來！我要弄飯了！你們坐一會，好嗎？」
「好！」我只得這樣說，既來之，當然要安之。
她的工作很忙，一會兒燒飯，一會兒又要和我們攀談，煙火弄得她眼眶裡冒淚，她手忙腳亂，我們卻一步也不放鬆，小姐長，小姐短，她又不得不作答。就這樣我們逗留了兩、三個鐘頭，最後我說：「小姐！我們要告辭了！」
「別忙！」想不到她竟會留住我們：「等我爸媽回來……不然……」
「不然，又怎樣呢？」
「我們這村子裏人多口雜，他們會司空見慣……」
我們只得留了下來，但，為了趕坐回程車，還是沒等到她爸媽回來，便匆匆地告辭了！
在回程的汽車上，我說：「老許！阿翠這小姐真可愛！」
「可愛嗎？老實人，（我們在一起時，他常叫我老實人）你是否也動了凡心？」
我被他說得兩臉通紅。他又說：「只要你……呵！呵！真心實意！呵！呵！我會盡力幫助你！」
當天晚上我失了眠，阿翠的一舉一動，在我的腦海裏縈繞著，我驅之不去，許老師的話，使這個意念，堅強再堅強！我翻身下床，洗了個冷水浴，再拍了拍我的前額：「人家阿翠是名花有主的呀！奪人之愛，非人道也！忘了吧！忘了吧！」

二

忘了吧！忘了吧！把一切的邪念都忘了吧！做人得正大光明！我神志恍恍惚惚地過了好幾天，感謝我主耶穌，我畢竟是忘了她！她─這村裡唯一的阿翠，我有生以來唯一勾動了我情愫的阿翠。

事情過去了一個月，一天，我和許老師在離這村莊二公里的小鎮上蹓躂時，湊巧又碰上了阿翠，她穿著一件印花黑裙，陪襯著一件粉紅色的襯衫，一顰一笑，楚楚動人，一舉一動，落落大方。我呆呆地望著她，她向我低首含羞地點了個頭，還是許老師先啟口：

「陳小姐！今天打扮得如花似月，是……」

「是來這兒學洋裁！」她說。

「不採茶了？」我對茶的印象，老是懸在我的心靈上，不油然地脫口而出。

「啊！她有朵茶花掇在襯衣口袋上！」我不禁暗暗地愕住了，這清清白白的茶花代表著她心靈的純潔，但，也許是代表她有像「茶花女」的悽慘身世。我謹慎得不能再謹慎地說：「小姐！可否去冰店一談？」

「他請客，我們一塊兒去！」許老師也幫著說。

「不！怕同事瞧見了，又捕風捉影……」她說後，望著洋裁店，意欲走了進去。

「好！我們下次再來！」我低著頭說。

「你們不易找著，別再來了！」

「假如有件緊要事，非找著你不可，那怎辦呢？」我焦急地說。

「可逕自往樓上找我！」

「好！再見！」

三

第二次的巧遇，使我平靜的心湖，又激起了無數的連漪，整天整夜震盪不停！這震盪不停的心靈，不是愛情的作祟，相反的，天賦的同情心，像嫩芽似地迅速茁長著，我不敢相信她真有「茶花女」那悽慘的身世，但我懷疑她為甚麼要掇上一朵茶花？這茶花是誰送的？她又為誰而掇的呢？難道她台北情人對她？……每一個問題，都表現著我在不尋常地關心她，同情她！

後來有一件事情證實了，每逢星期例假日，她總要擦脂塗粉，濃裝艷服，喬裝得花枝招展，在他們村莊裡簡陋的汽車站裡，一次又一次的徘徊，有時還引頸翹首，像「望夫山」上的望夫女神。之後，她騎上腳踏車風馳電掣似去小鎮裡兜了一圈後，才走進了洋裁店。

一天，我發現她病在床塌上，那嫩藕似的玉臂，不停地抖顫著；那過去紅潤的臉龐，像是潔白的象牙；那隆起的胸部，氣呼呼的喘動著，她向我招著手，我感動的流下淚來挨在她的懷裡！淚水濕透了她的胸脯，哭聲震盪著潔白的羅帳，天族地轉，日月循環後……啊！原來這是南柯一夢。

像這樣的惡夢，一次再一次的打擾著我，長期間的失眠，造成我精神上的過度敏感。

我打了個電話給許老師：「老許！明天去……」

「去陳家莊，是嗎？」

「騎單車，逛馬路！」我說。

「我沒這興趣！」

「除了逛馬路外，要請兄台幫個忙！」

「有什麼事？你先說！」

「我準備去『劫駕』！」

「『劫駕？』是甚麼意思呢？」

「你先來，我會告訴你！」

當我倆在小鎮晤面後，我告訴許老師，我是要約他到那「茶花女」每天必經的路上去接駕，請他做個紅娘，拉攏拉攏關係，他滿口應允了。

我們車抵途中時，果然遇上了她，奇怪！她今天怎不騎單車呢？她低著頭，撐著小紅傘，蹣跚地走著，像是在尋找失落的珍寶——不如說是在尋找失去的愛。

「陳小姐！」許老師向她打招呼。

「啊！」她很驚訝地抬起頭來：「許老師！」之後，又向我禮貌地點了個頭。

「陳小姐！今天怎沒坐單車呢？許老師下車後說：「來！就坐在我的單車上，我送妳一趟！」

「不！許老師！我要學習走路！」她毫無表情地說，我發覺過去留在她臉龐上的笑容，消失得無蹤無影了，眼角上竟有了兩條魚尾紋。

「陳小姐！妳……」我關心地，意欲問近來是否不舒適。

「是學洋裁太辛苦了，對嗎？」許老師搶著問道。

她勉強地點了個頭，這點頭的動作，代表她心事重重。

我們推著車，沉默地和她漫步著，我說：「陳小姐！告訴你一則好消息！」

「什麼消息？」她仍毫無表情。

「賈太林完成太空旅行了！」

「這就是好消息嗎？」她把那「嗎」字說得特別響亮。

我望著她點了個頭。

「哼！那只是加速人類的滅亡！」她厭倦地說。

為了接預定計劃進行，我說：「許老師！你陪陳小姐走，我在前頭小喫店等候，請陳小姐早餐！」我說後，跨上單車，飛馳電掣般奔了前去。

卅分鐘後，許老師獨個兒來到小店，他說；「她已經答應和你做朋友，不過……」

「不過怎樣呢？」我迫不及待。

「她對你很冷淡！」她說：『我已有男朋友，好女不交二友』！她歡迎和你做個普通朋友，完全是因為你瀟灑大方，肖似她的男友而已……喂！老張！我想起來了！她也許就是你要訪問的對象呀！去！咱們再去村莊一趟，如果我的學生回來了，這問題，便不難解答！」

走！我們再一次向陳家莊去！

四

巧！巧極了！我們找上了陳老師過去的學生阿秀小姐！她昨天剛從台北回來。

但，事情進行並不如意，她只知道這位陳蘭翠小姐，確是數月前，台北某桃色新聞案中的女主角，事實的真相到底如何？只有她自己知道，誠實的父母，都被蒙在鼓裡。

從此，我對這位「茶花女」，真真實實由同情而生了愛，我每天風塵僕僕地接送她，在那條通往小鎮的碎石公路上。

一天晚上，在那行人稀少的公路上，她的精神萎靡，意態也像有點兒不尋常，我關心地說：「阿翠！」

「嗯！」

「堅強你的生活意志……」

「張先生！我承認你對我是真心實意。但，我的一切——包括靈魂和血肉已被人佔有，剩下來的，只是，賤軀髏骨……」

「請把賤軀髏骨給我！」我緊張地說。

「你願意嗎？」她停住了腳步，轉身望著我說。

「願意！願意極了！讓我向你宣誓！」

「你快別宣誓了，你們男人的誓言，抵不上一斤綠茶！唉！」她歎了口氣後又說：

「他也曾宣過誓，並答應和我白頭偕老。」

「後來呢？」我緊接著問道。

「後來——他無踪無影……聽說……」

「聽說什麼呢？你快說呀！……」

「不要問了！不要問了！你回去！快回去！」她說後，掉頭就走。

「阿翠！我求妳！」我跟隨不捨，「求妳同情我！」

「同情你？」她忽然又站住了腳步：「好嗎？你希望什麼？」

「剩下來的，賤軀髏骨——我夢裡的人兒。」

「好！」她說後，便倒在我的懷裡。

我吻著她的嘴，她的嘴唇緊閉著，我吻著她的眼，她的眼淌著淚，我吻著她的每一根毛髮，她的毛髮豎立著……她的身軀冰冷，她的手腳抖顫。半晌，她抖擻著精神說：「張先生你們男人是否也知道同情女人！」

「阿翠！我同情你，我愛你，你過去的不幸，並不是上帝的旨意。」

「張先生！請你不要提上帝，咱們再見吧！」

再見吧！就只有等待再見。

五

前些日，我接到許老師的電話：「阿翠自殺了！」

「自殺了？」我眼前一陣一陣的昏黑。

我完成了這則新聞的採訪，在她父母的同意下，我閱讀了她的遺書：

王少爺——我的愛啊！

聽說你陪同楊小姐，回美國去了，你的來信說是「奉父母之命，我還在等著你，等著你的諾言！」

當你從美國回家的頭一天，我替你把行李提上樓去，你情意綿綿地死纏著我：

「小姐——妳貴姓呀？」

「我叫阿翠！」

「啊！好一個美麗動人的名字！」

你死盯著我，我低首含羞地站著。

「阿翠？快伸出你的手來，讓我親親吧！」

「別叫少爺了，快伸出手來吧！在美國這是免不了的見面禮！」

「不！少爺！」

「不！少爺！」我含羞地急奔下了樓。

第二天，老爺命我上樓來叫你吃飯，你又伸展雙手，擋著我：「阿翠！妳的一舉一動，都像是個高貴的小姐，你的家呢？」

「家在鄉下！」

「不像是個鄉下人！是什麼學校畢業？」

「初中畢業！」我羞赧著臉：「少爺！老爺等著開飯啦！」

自此後，你整天躺在床上，一天，我照例上樓來招呼你晚餐！

「阿翠！今天是星期幾？」

「星期三——十二月五日！」

「啊！我病倒六天了！阿翠，我求求妳！」

「少爺！你有什麼吩咐呢？」

「求求妳同情我……替我倒一杯茶！」

茶，同情了你，犧牲了我！當我把茶送到床緣時，你拉著我的手腕，哀哀地懇求著：「阿翠！在上帝的面前，我向妳宣誓！」——上帝，多可惡的名詞啊！

「少爺！我只是你家的店員呀！」

「快別這樣說了，在美國，男女憑愛情而結合，並不計較任何地位的高低！」

「少爺！我不懂！」我說後撇開了你的手，匆匆地奔下了樓。

當晚，你私自闖進我的臥室：「阿翠！是我——少爺呀！」

「少爺！」

「輕聲點！我愛妳，同情我吧！讓上帝做個證人，我倆永不分離！」

「少爺！少爺！」

「別叫了！」

從此，我一切都給了你！

只有一個月，東窗事發，我被令尊大人攆了出來，我當然不甘就此罷休，因此驚動了左鄰右舍，在婦女會的幫助下，感謝你的同情，向我再三保證你的話久遠不渝。

我的王少爺，我的愛啊！人人都說愛河是解釋愛情的地方，就讓它解釋吧！我的愛啊！愛河的水是多麼骯髒，我要用骯髒的河水，洗潔我被污辱的身軀……我抖顫，我害怕……你怎不來呢？又怎不來呢？

妹陳蘭翠五十、五、十二日於高雄

當我同她父母趕往高雄，準備河畔尋屍時，感謝主，阿翠被一位三輪車夫營救了，正病住蔡外科醫院，我飛也似地奔了前去，蹲身在她的床塌前：「阿翠！我同情妳——來換取你的同情！」

許久——許久，她才輕啟雙眼！用力將孅孅玉手，托著我的面頰，我把那雙曾替人倒過茶來，也採過茶的手，同情地，小心翼翼地放進了被窩，然後，又謹慎得不能再謹慎地準備吻著她的嘴，她輕啟櫻唇：「不！請先替我倒杯茶！」

我不知道她是什麼意思，當然遵行了！

（全文完）

五十、五、廿九（東台日報）

懺悔

一

離我駐地不遠的地方，有一座寺院；那寺雖不是在紫竹林中，倒是一個「極樂」的地方，翠綠常青的闊葉樹，像圍牆似地環繞著，寺畔有座吊橋，橋下細水長流，白天，善男信女，絡繹不絕，傍晚，青年男女，成雙配對；或在闊葉樹下，含情脈脈，傾心長談；或在吊橋上，卿卿我我，指手畫腳。

那時候，蘭子正離我而去，我邁著沉重的步伐，常於深夜，徘徊在寺的附近，藉回憶過去的美夢，彌補我在失戀後的空虛，悲觀和失望。日子久了，我心靈上的傷痕越補越深，形於外的是像機關槍聲似的嗆咳，痛苦極了！

「喂！你到底是人還是鬼？」每次，我總是在那陰風慘慘靈骨塔旁的石凳上，遇上一位似鬼的光頭和尚，我早想和他搭訕幾句，紿終不便於啟口，這一次，我遠遠地指著他，放高嗓音，大聲詢問著，意欲啟開他的話匣子。

對方背朝著我，紋風不動地置若罔聞，不由得使我無名火起，我習慣了士兵們服從我，當我心情最壞的時候，居然有人敢對我傲慢不理：「你再不答話，我便開槍！」

可是，對方仍然不動，倒使我愣住了！在這烏黑的深夜，是人，該答話，啊！他是鬼了——是鬼，又怎麼夜夜靜坐呢？在月光下，我曾幾次的看過他五官齊全、最後，我斷定他是出院坐禪的和尚，但，他又為甚麼不怕我開槍呢？想著，想著……嚇得我拔足往後急奔。

「喂！施主，你用不著害怕！」是對方沙啞的聲音。

我仍是腳不停步地狂奔。接著，對方發出格格的笑聲，像深山空谷中貓頭鷹喋喋的冷笑，越發使我毛骨悚然，手腳抖顫！

當大晚上，我疲倦地倒在床上，是一個孤魂遊鬼呦呦的悲泣聲，不停地在我耳鼓裡縈繞響亮：是一個光頭凹眼的和尚猙獰的臉孔，在我的腦海裡時隱時現著，當我睜眼凝神傾聽和察看時，窗前的想思樹，在黑夜裡優遊地搖擺，伙伴們的鼾聲，有像春雷般響亮的，有像正在洩氣的皮球，嘶嘶地作響的……除外，便是烏黑的夜。但，當我闔眼欲睡時，和尚和鬼魂又糾纏著我，似乎定要將我綁架了去。只有一件事，我已經證明了，我在發著高燒呀！這樣心情不寧的繼續了三天三晚，僥天之倖，我沒被鬼抓了去，經過劇烈嗆咳後的胸脯，像刀割似地疼痛，我肝火迸裂，眼珠子裡放射著紅光。哼！你這個光頭和尚！你害得我好苦呀！不是你，我怎會害病呢？當第四天的深夜，我真的佩了手槍，氣憤憤地到達了那和尚坐禪的地方，我恨不得立刻撥動扳機，在他腦袋上戮個大窟洞。

奇怪，怎麼他今夜不見了！他一定能參悟禪機，且有先見之明，不然，怎能逃掉這劫數呢？

我要在附近搜索，甚至於不惜搜索到寺院裡去，我要找上他，清理他在前幾天的夜晚，他嚇我使我患病的仇恨，我搜索著，果然，我發現了他，他藏身在吊橋下，潺潺的流水，夾雜著他捶胸跺足嗚嗚的悲泣聲，我曾聽老祖父說過但丁煉獄裡的鬼魂是最痛苦，最醜惡，最哀憐的了，他比他們更千百倍的痛苦和悽慘！是他一舉一動的悽悽慘慘，又把我懾住了，我再沒力量抬起我的手來，撥動那待發的扳機，但，我并不再像那天晚上的懼怕，我相信我在迫不及待，萬不得已，必須求生的時候，仍然有足夠的力量，撥動那殺人的扳機。

我囁嚅地問道：「喂！我有話和你說！」

對方依然默不作答，「我真要開槍了！」我氣急地說。
「哼！」對方冷笑後說：「活罪難熬、死罪易受，你請便罷！」
「唔！怪事！」我心裏想道。在這日新月異，人們生活日趨繁榮的科學時代，居然有人不怕死！我曾身經百戰，對一個不怕死的敵人，尚且存著三分戒心，今晚兒對一個不怕死的光頭和尚，我是束手無策呀！
「老師父，請問你，前幾天晚上，你為甚麼要嚇我？」
「哈！哈！……」他在狂笑後忽然一本正經地說：「世界已面臨末日！」
「怎麼？」我驚訝地問道：「你怎見得呢？」
他忽然抬起頭來，仰望著我說：「因為人類已進化到蠻橫凶悍，不講情理！」
「誰不講情理呢？」
「你就是最好的例子，明明是你持槍嚇我，居然還向我興師問罪。」
對！是我先嚇他的，我被說得啞口無言，尷尬極了！
我只得吞吞吐吐地說：「那麼，我且問你，你為甚麼不怕死？」
「請你少管閒事！」他，大袖一拂狠狠地「呸！」了一聲，便昂頭闊步的棄我而去。
對這樣一個比凱撒大帝更千萬倍傲慢的光頭和尚，逼得我手中的槍枝無法施展開來，因為自有槍以來，槍最利於對付那些怕死的人，這和尚不怕死，殺了他，賞了他所企求的「死罪易受」，何況，我還真不敢殺人呀！今晚帶了槍來，我臉上的殺氣騰騰，滿嘴的「殺他！殺他！」骨子裏卻逼使他就範，向我低個頭，賠個不是，另外，便是壯壯我的聲勢而已。如今，我不但沒達到目的，倒被他三言兩語搶白了一頓。不行，千萬個不行！我不能就此罷休，我要跟上去，跟到他的寺院裏去！

我輕悄悄地跟在他的背後，他連頭都懶得掉轉回顧，邁著八字步，反背雙手，他不進寺院，逕向那夜夜靜坐的石凳走去。

他坐定後，便闔眼凝神，似乎沒我在他的身旁，我氣極了，真想拔槍射他！

但我又不能？只得在附近的草地上坐了下來，我反覆推斷後，認定這和尚如此古怪，必有他的苦衷，在人生的苦海裏，一定是歷盡滄桑，在滄桑的過程中，也許貯藏著人生最豐富的寶藏，我何不平心靜氣地加以挖掘呢？如能供我情場失意的借鏡，治癒我心靈的空虛和悲痛，倒是一大收獲。

「唉！」我故意長吁地歎了口氣，仰著頭朗誦似地說：「佛門弟子，四大皆空，慈航普渡，救我眾生，原來都是愚惑村姑村婦們的謊言！」

「甚麼？」他忽然轉過頭來望著我說：「你說甚麼呀！」

我見計策成功，便沾沾自喜：「老師父，四大既然皆空，又有何憂、何愁、何悲，何感呢？」

「我姑且考問你，甚麼叫『四大』？」他收斂了嚴肅的臉色，自驕自傲地說。

「還不是指酒、色、財、氣！」

「哈哈！」他得意地笑道：「中國人有個怪毛病，就是喜歡濫用名詞。告訴你吧：『四大』是指地、水、風、火、地是人身上的皮膚……水是血脈……風是呼吸……火是熱度。我們每個人都不能主宰這『四大』，所以佛教說『無我』……你少嚕囌，走開罷。」

他沙啞的聲音，像鴨叫似地說了一大堆話後，又使我口拙了，我發覺他的口音，像是咱們小同鄉，便話鋒急轉：「老師父，請問你府上哪兒？」

他默不作答。

「咱們像是同鄉！」

「同鄉！」故鄉人，分外親，果然又被我啟開了他的話匣子。

當我們彼此通省報縣後，原來他就是咱們縣裏大名鼎鼎，紅極一時，楊家莊裏楊樹光的兒子楊聲辰

「你怎落難到這兒來的？」我說。

「說起來話長！唉—」他歎了口氣後望著我說：「你今年幾歲？」

「二十六歲。」

「啊！快別叫我老師父了，我只比你長五歲，就從我有記憶的時候說起。」

他從寺裏提了壺熱茶來，滔滔不絕對我講述著他的事實。

二

他再三聲明，因為我是他的同鄉，一定知道這故事的輪廓，當我向他點頭承認時，他便慷慨地說：「如今，已事隔十年了，使真相大白，確有此必要。」

「生長在我們這個時代，烽火連年，亂離人生，戰爭替我們解釋了一切，在戰爭之下，生活給予我們的是殘忍，一切卻都不是殘忍，所能主宰的，世事滄桑，人生無常，任風雨連年，總洗不淨我心靈上的污穢！它，像是一隻魔掌，緊緊地抓住了我那血腥的心。入空門，超紅塵，原本是為了擺脫罪孽，可是，一個人因一時的錯誤而造成終身的罪惡，這罪惡是永遠無法擺脫的。

神偶是木造的、人身是肉造的，一個罪人向神跪拜，完全是為了解脫罪惡，可是神默然無言，星星、月亮和太陽，是有形的神，他們的光輝普照著善人與惡人，埋首向他們乞憐時，也是默默無聞，無動於衷，唯有我心中的神，是殺人的劊子手！牠，青面獠牙，常常向我伸著血污的手，恐怖極了！

朋友！告訴你吧，我有十足的理由—殺人！十年前的事。

回想當年，誰也無法估計我家的財產，記得我祖父七十大壽時，家裡請了七天客，還做了一台戲，縣長老爺親自登門拜壽，四十哩內的鄉人，可以自由來造訪，只向我祖父拜個壽，便可白吃白住，大醉大喝，當年北代時，革命軍在我家駐過一個團，臨走時，在大門前豎了個碑：「敬軍之家。」

自從民國廿三年，有一群雪峰山逃竄的土匪，因我父清剿他們，殺下山來，把我家富麗得像金鑾殿似的屋宇，一座接一座地在濃煙烈焰中消失；老祖父被綁了票，在觀音山上慘遭殺害，伯父被刺了腿，在荷花池裡自盡，我父親指揮著一個鄉團大隊，帶著我從城裏匆匆趕回時，剩下來的只是碎瓦殘磚……。

好不容易，從廢墟中重建了我們的家，母親又因肺病逝世，父親也棄官歸鄉，從此他鬱鬱不樂，病臥床第，家庭的一切，便全賴在我家工作了十年的王媽，苦心支撐。

經過了接二連三的劫難，屈指算來，我家仍是當地的大豪富，良田美圃，連綿阡陌，維持數口之家坐吃也不盡。

「不！這件事情，我不贊成！」是一個秋高氣爽的傍晚，王媽向病榻上的家父，義正詞嚴地說：「就不說我們少爺知書達理吧！總得門當戶對。」

「唉！」家父歎了口氣後說：「我這孩子就頂喜歡翠姑娘，他倆常在一起，最好由他們自己做主。」

「好罷！我只不過是你家的佣人，不過，以後您父子倆都要後悔！」

王媽和家父在隔壁談論著我和翠姑娘的婚事，我句句聽在心頭，恨王媽！尤其是恨她那雙比三寸更小的「金蓮」，走起路來，嫋嫋娜娜，手還要不停地彈著麵條似的青鼻涕，可厭極了。

我認識翠姑娘，是在我十三歲的那一年秋收時，家父因病懶於行動，便命我去佃戶家收租穀，他說：「孩子，你已去過城裏，見過世面，千萬勿虧待佃戶。」

翠姑娘的父親，便是我家的佃農。當時，她才十歲，兩條直豎的小辮子，配合她那象牙一樣純白的小臉孔，像是一隻剛出繭的小飛蛾，最討人喜愛！

「少爺！請喝茶！」她端著茶，瞪著黑亮的眼睛望著我說。

「小妹，謝謝妳！」我所以喚叫小妹，是自以為去過城裏，一舉一動，都自尊為「大人」。

翠姑娘的母親也熱情地招待著我：「呀！少爺！一年不見，就長高、長大了！」我心裏很舒服，因為我沒母親，她的慈祥，溫暖了我的心。

自此以後，我便常常去翠姑娘家，我擅自做了主，把每年六成的租穀，減低到四成。

我十八歲的那年，在王媽極力反對下，便由我自己做主，我們兩家訂了親。

民國三十二年，滿腔的熱血鼓勵我抱著美麗的希望，嚮應了「十萬青年十萬軍」的號召，馳騁於印緬戰場，直到三十六年，才回到我那可愛的故鄉。

變了，故鄉一切都變了！最傷心悲慘的是家父逝世，遺產在一位堂叔的監管下，嫖賭得乾乾淨淨。我唯一的去處，當然是翠姑娘家。

呀！她家也變了！用紅磚新落成的幾幢樓房，小巧玲瓏，使人有煥然一新之感，三十年河東，四十年河西，日月循環，河山變遷，何況人呢？

最最驚奇的是王媽！也在她家，她熱情地招待我：「少爺！是你——你回來了！」她忙著為我倒水，比台灣的侍應生，服務更週到。

我呢？家庭的浩劫，有說不出的悽酸。

當天晚上，當王媽向我頻頻詢問時，我瞭解了翠姑娘的全家，除了她哥哥官拜團長，榮歸故里外，這幾年添購了很多田地。

王媽為我病亡的父親歎了口氣後，便正經地問著我：「你在外幹了這麼多年，到底官拜甚麼？」

「我做『師爺』。」「師爺」是過去部隊中的文書官。

「唉！這就是你的不對了！」

當我驚奇地望著她時，她緊接著板起臉孔說：「難道你連『乾爺』都沒拜個嗎？」她把「師爺」誤聽為「濕爺」，濕爺是我們家鄉的瘟神。

「王媽！」我意欲加以解釋。

我還沒說完，她便搶著說：「年輕人，沒出息！」

之後，她緊接著做了幾個「呵哈」，伸了伸腰，便逕自走進了她的臥室。

當第二天清晨起床後，翠姑娘的雙眼，像是兩朵盛開的玫瑰，她是哭泣過了。

我走近前去，習慣地叫了聲「阿翠」，地卻黯然她離我而去。

不知怎的？翠姑娘的父母，在他們的臉上，只有一個標誌：「不歡迎我這未婚女婿！」

只有半個月，我把一切都證實了。那是在一個死沉沉的黑夜，翠姑娘全家在談論著「這門親事」。

「我反對這門親事！」她父親斬釘斷鐵的說。

她母親也說：「當然要毀約，我女兒不能嫁給窮無半分地的流浪漢！」

唯有那團長哥哥從從容容地說：「我以為這得由妹妹自己決定，他們從小在一起。」

「不！團長大人，您完全錯了！」王媽也搶著說：「你們連年在外邊奔走的人，只知道衝鋒陷陣！您想想吧！自古至今，男婚女嫁，總得門當戶對，就不說我們小姐花容月貌嗎？也得使您——團長大人臉上生輝！」

朋友，你說我當時是怎樣的情景呢？我在他們的窗戶下，咬牙切齒，我恨不得將王媽砍成肉醬。

「當然啦！門不當戶不對，我女兒那能嫁去？」她母親又說。

「好了，好了！」團長哥哥慨然地說：「這件事，由妹妹自己做主！」

他說完後，便轉身望著低首而泣的阿翠說：「妳的意思？」

唉！想不到她在王媽的敦促下，連搖了兩個頭。

當晚，我便跑進了縣城，當黎明時分，在縣警察局（我的表哥處）偷了兩支俗稱「盒子砲」的手搶。

第二天黎明前，我便槍殺了她全家，王媽跪著向我求饒道：「少爺！我早就知道他們陳家是無情無義的，真該死，該死！你趕快逃吧！這兒的一切，有我負責！」

當時，我在她的腦袋上戮上了兩個窟洞，還在她的身上狠狠地踢了兩腳，才從容地潛逃。

來到台灣後，我時時刻刻地在驚心動魄中過沽，只要闔上眼睛，阿翠便向我伸著血腥的手，王媽向我瞪著恐怖的眼……她們緊緊地包圍著我，一步也不放鬆。唉！我難熬極了！」

他說至此，低著頭，像幽魂似地悲泣著。

我趕緊安慰他「過去的事，就算過去了罷！我將來會替你做證人。」

「做證人！」他仰著哭泣的臉驚異地瞪著我。

我告訴他：「將來我倆回到家鄉後，我要向父老們說明，你殺了他們，是出於不得已，。。」

他向我連搖了幾個頭，我只得扶他進了寺院。

三

去年，我隨部隊調來金門，衛戍在最前線，他常寫信來鼓勵我，勉我盡忠職守，捍衛國家。而他自己卻常在信中說：「我熬受不了，熬受不了啊！」我當然知道他為甚麼熬受不了。我再三再四地在信中勸道：「你還年輕，盼減少些精神負擔，多堅強點生活意志……」

前些日，我忽然接到一封陌生的信：「墨龍先生：您的同鄉楊君已自殺謝世，謹奉上遺書一封：『墨龍！我一切都向你說明白了，只希望你做個證人：殺人犯楊聲辰，已在我佛的慈悲下，懺悔前非，向良心低首認罪。留下黃金三兩，請將來代阿翠全家重修墓誌。聲辰絕筆。』遺金當妥為保存，候君返台後面陳。釋常慈恭上。」

我痛失鄉友，內心無限惆悵，一個月以來，情緒總是不安定，在夢囈中常常說道：

「你為甚麼要殺人，你為甚麼要殺人呀！」

（四九、十二、六、於金門）

《東台日報》

《附錄一》夏娃的女兒

傳說亞當拉著夏娃柔軟的手，爬上了一株桃子樹，發現樹上只生長了一朵桃花和一個紅桃，亞當尊重女性，請夏娃先選擇其中之一，她毫不考慮地摘下了香氣樸鼻的桃花，亞當便只有採取紅透了的桃果了。沒想到香花只能看，而不能果腹，桃果卻能充饑。於是，亞當津津有味地吃著桃肉，剩下來一個硬堅堅的桃核，順手丟給了夏娃，夏娃肚餓如絞，不加咀嚼便吞下肚去了，桃核是「種子」，夏娃便懷了孕。她生產孿生兄妹，兄長得結結實實地像亞當，妹是天生麗質，像一朵鮮艷的桃花；她長有柳眉杏眼、皓齒櫻唇、瑤鼻玉耳、雲髮桃面、粉頸香肩、藕臂春葱、酥胸麗背、雪腹細腰、豐臀妙屄、纖腿金蓮，她是天下第一個比她母親更美的大美人兒，她到底是怎樣的美絕了呢？

一、如柳也似新月的眉

她的眉如柳，也似一彎新月，細長溫婉的橫臥在眼睛上；如果說她的眼睛是盈盈秋水，眉毛便是淡淡的遠山了。巧覆秋波，橫穿雲鬢，彎彎的嫵眉，喜歡和情郎眉語，表達她內心深處的情；它最善於表露「曖昧話」，但最曖昧也是最美麗動人的，是她母親遺傳給她的「桃花語」，當她向你眉來眼去時，隱約中聽到天堂正在開門的聲音。

當她眉頭不展，是憂愁與悲哀的表現，隱藏著一種憂鬱之美；當她眉飛色舞時，自然是飄然爽快，顯示的是溫順柔和之美。我國文士們讚美它為「蛾眉」、「遠山眉」、「柳葉眉」；西洋的詩人也將它形容為「和平的虹」表示的是心中的溫雅與善美。

我國的文人騷客，有許多描寫第一美人眉的詩詞，蔣春霖的〈采桑子〉詞：「修蛾帖帖生疏翠，鸞鏡迴翔，蘭燭明光，不為承恩試晚妝，綠波照影憐溪水，細柳春藏，額印微黃，恨與遠山細細長。」許雷地的〈美人畫眉〉詩：「翠螺十斛納宮闈，艷說隋王賜寵妃，卻月彎描春岫小，橫煙淡掃遠山微，文君眉撫人爭仿，京兆情深世所稀，且學入後新樣好，黛痕輕染筆輕揮。」他的另一首〈美人眉尖〉詩：「巧鬪彎環不礙顰，眼波潤處更輕勻，文君韻借纖纖影，京兆情餘淡淡春，遙襯額黃偏嫵媚，斜侵鬢翠越精神，含愁近被雙峰壓，卻恐郎為薄倖人。」

二、傳情揚性的神眼

她那對又黑又大十分神秘的眼睛，夏夜的星沒有它晶瑩，秋天的小溪沒有它明亮，黑色的玉石不及它黝黑，大海的水流比不上它深沉。

當她心神恍惚時，常微闔著眼，嬌羞地成半開半閉的媚態，此時的眼睛，最具有性感而富有魅力了。楊貴妃學會她的「醉眼」，因醉酒而迷倒高力士，而長恨於「馬嵬坡前泥土中」；美國電影明星瑪麗蓮夢露也學會她半開半閉的「媚眼」，因而風靡全球，顛倒眾生。當她談情說愛時，水汪汪的眼睛滴溜溜地旋轉著，目光中散射著似怒非怒，似笑非笑的神韻，這時的眼睛最是光輝與美艷，充滿了誘惑力。

「垂頭斜眸」是她含羞的表情，「杏眼圓睜」是她生氣的表情，「回眸一笑」是她愉快的表情，「眼噙粉淚」是她哭的表情，「巧目流盼」是她媚態的表情，不管是何種表情，都使男人憐香沉醉。俗語說：「媚眼一拋，全身發燒，眉來眼去欲魂消，賽過被窩裏風騷。」就因為這樣，令男人在她面前跪拜，在戰場上敗北時，重新站起來戰鬥；她也會讓人絕望和瘋狂，普天之下，沒有任何一樣東西，能夠勝過她眼睛的光彩和溫柔而引人的遐思。文人騷客絞盡腦汁，賜封它為「靈魂之窗」、「智慧之塘」、「情感之鏡」、「秋水」、「明星」等；他們也為它寫下了許多流傳千古的詩詞。劉廷璋的詞：「波水溶溶一點清，看花玩月物分明，嫣然一笑撩人處，酒後朦朧夢思盈，梢帶媚，角傳情，相思幾處淚痕生。」楊葆光的〈美人目〉詩：「牛女緣深尚隔河，兩心脉脉托秋波，偶牽離緒縈清淚，為展私書蹙畫蛾，細雨憶從迴盼後，餘情自覺背人多，最憐歧路分襟日，遙送征車忽別他。」劉孝綽〈詠眼〉詩：「含嬌曼已合，離怨動還開，欲知密中意，浮光逐笑迴。」陳玉瑾詞：「想月下相看，雙星疑墜，波間斜溜，雨水難分。」《詩經》：「美目盼兮，有美一人，婉如清揚，有美一人，清揚婉兮。」美目盼兮的美女，除了夏娃的女兒，古今來像過江之鯽，好逑的君子，在「垂釣」時，自我要求如履薄冰，不能讓她把魂魄都「盼」出去了啊！

「夢娜！」夏娃叫著女兒的名字說：「妳的眉和眼美極了，媽看了都會動『凡心』，打從今大起，不准妳再對男人眉來眼去！」

三、如玉琢粉堆的瑤鼻

夢娜的鼻子，小巧俊秀，如玉琢粉堆，它有個端正的好鼻樑，挺直高聳；由於它屬於擅長表情的眼睛與嘴唇之間和桃腮秀靨中的重要位置，配合得宜，使整個面部更加艷麗奪人，令人愛慕不已。

文人騷客為夢娜的鼻子寫下了許多詩詞，楊葆光的詩：「瓊瑤琢就總圓成，滿粉微堆鏡內平，細嗅花枝增慧性，默參蘭麝悟前生，嚏顏定是郎相憶，拭處還憐汗轉瑩，知道釣繩噓指遍，歸期數到月華明。」朱彝尊的詞：「滴粉堆成，愛嗅青梅，扶下鞦韆喘未勝，紅袖遮來媚轉增。」陳玉瑾詞：「桃頰香收，向亭前水畔，嗅徧名花，無端嚏，有人暗地，嗔道伊家。」細讀析賞，夢娜這位大美人的鼻子，好像就在眼前，讓人「看」來心曠神怡。

「夢娜！」夏娃對鏡妝罷後，叫著女兒說：「妳走過來，跟媽比比看——看誰才真是天下第一美女？」

母女倆面鏡併立，夏娃仔細端詳後說：「妳的身長比我高了五公分，是一七〇公分的標準美女身材；妳和我雖然都長有玉琢粉堆的瑤鼻，但妳的鼻子更端正挺直，妳才真是……」

夢娜搶著媽沒完的話說：「我才不要做天下第一美女啊！」

「為甚麼不要做呢？」

「因為美人多薄命！」

於是，夏娃告訴女兒，要她懂得善用「美人鼻」，她是這樣對女兒說的：「鼻子是最敏感的器官，它職司嗅覺。愛情因視覺而產生，因聽著而促進，因嗅覺而加深，因觸覺而完成。嗅覺是前兩覺的最後一道防線，可以慢慢地去磨嗅到男人有臭騷味時，便趕快回頭是岸。」

四、嬌艷欲滴的櫻桃唇

萝娜的朱唇，嬌艷欲滴像熟透了的櫻桃，飽滿中塞滿了甜蜜，給人一種想衝過去親吻的傻想，也由它而興起熊熊愛火。那甜甜蜜蜜像珠走玉盤的戀情，從他的嘴唇迸射出來，話還來不及鑽進你的耳朵，你便飄飄欲仙的手舞足蹈著；如果她與你嘴唇對嘴唇的銜接，是一種無言的私語和兩顆心靈深處的默契，在這閃電般一瞬間，像是走入了美女如雲的瑤池仙境，又像走到了萬花燦爛和百鳥和鳴的錦繡樂園，享受人生的美滿愉快。

萝娜的櫻唇，神秘中夾帶著無所不能，能吃、能笑、能說話、能唱歌、能接吻傳情、能嘛呀嘴示意……朵朵鮮花在她的唇邊開放，種種憂愁在她的櫻桃小嘴，朱唇若丹，沁人心脾，忙懷了許多文人騷客，李後主在小樓上，踱步苦思了三晝夜，才寫下流傳後世的〈一斛珠〉：「曉妝初過，沉檀輕注些兒個，何人微露丁香顆，一曲清歌，引櫻桃破。羅袖裛殘殷色可，杯深旋被香醪涴，繡床斜憑力，閒嚼紅絨，笑向檀郎吐。」劉建璋的詩：「胭脂染就百紅粧，半啟猶含茉莉芳，一種香甜誰識得，殷勤帳裏付情郎。桃含顆珠柳破房，啣盃霞影入瑤觴。」趙鸞鸞的〈檀口〉詩：「銜杯微動櫻桃顆，咳唾輕飄茉莉香，曾見白家樊素口，瓠犀顆顆綴榴芳。」對夏娃女兒的櫻桃美唇，應該是詩詞的最佳「美語」。

五、潔白如珍珠的美齒

夢娜有一口潔白如珍珠的美齒，排列整齊，配合著櫻桃般的唇，是美女最大的驕傲。當她回眸一笑百媚生時，齒如齊貝，明潔清新，使男人看來有一種聖潔高尚的感覺。尤以她牙齒的美，在於隨著笑臉顯露出來的剎那間，對男人具有最力的誘惑力。

後世讚美夢娜美齒的有莊子〈盜跖篇〉：「齒如齊貝」，漢書〈東方朔傳〉：「齒若編貝」，司馬相如的，〈美人賦〉：「蛾眉皓齒」，曹植的〈洛神賦〉：「皓齒內鮮」，《楚辭》：「美人皓齒嫮似姱」，《詩經》：「齒如瓠犀」。日本人也以俳語為夢娜的皓齒錦上添花：「妳的齒呀！好像在薔薇上的淡雪，使我神魂欲幻化啦！」歷代的詩人墨客，當然也不甘寂寞，楊葆光〈美齒〉詩：「文貝編成稱品題，嫣然一笑粲瓠犀，指尖每到銜時想，臂印還憐齧處齊，膩嚼絨絲紅線濕，酸禁梅子翠眉低，早鴉乍觸心頭事，叩罷靈根總不迷。」朱彝尊的詞：「文貝編成，密瑣華池，懸漿易霑，見輕塵動處，歌時定啟，愁眉展後，齲慣休嫌。」陳玉璂的詞：「巧露朱唇，微開繡口，榴貝依稀，花似湘文，粲同凝脂，腸斷嫣然一笑時。」

「夢娜！」夏娃叫著女兒的名字說：「妳的牙齒實在太美了！但，妳千萬不可像男人那樣地齜牙咧嘴，兩情相悅，話到投機時，才輕啟櫻唇，讓貝齒時隱時現著，堅硬如鐵石的郎心，妳也可以把它咬碎呀！」

六、蝕骨消魂的耳朵

夢娜的耳朵，珠圓玉潤，豐腴適度，白裏透紅，或半掩髮際，或垂珠頰邊，各有美處，使人見耳便起遐思；再配戴有款有色的耳墜、耳環、耳串等飾物，更是錦上添花，搖曳生姿，更予男人綺念勃興，情不自禁了。

要想獲得夢娜的青睞，一定要先懂得愛她的藝術，而「愛之咬」和「愛之吻」是愛情藝術的最高境界。嚙咬或輕吻耳朵，那種癢酥酥、顫麻麻，蝕骨消魂的感受，只可意會而不可言傳。最甜蜜的是附到她耳邊悄悄對話時，她有時頓腳嬌嗔，白眼迷人；或是面紅耳赤，羞羞答答，這是夢娜的矜持，這時，只要把縷縷柔情藉耳語傳達她的內心深處，得到的報酬是她衷心的甜笑，是她甘心樂意的把一切都交託給你，你可放心去「橫行天下」。

詩人墨客也為夢娜的耳朵歌頌，張劭的〈美人耳〉詩：「金環從小斸圓門，冰雪聰明慧性存，有樣半輪分月魄，無瑕雙璧種芳根；關心側向瑤琴細，掠鬢斜臨玉鐃溫，最是惜花通軟語，羞紅微上欲銷魂。」朱彝尊的詞：「玉琢芳根，孱月初弦，微添朱暈，秦瓚繫卻。小堂誰弄清琴，通一線靈犀真到心，羅幃底，把無聲私遞向更深。」陳玉璂詞：「惱殺春侵，怕惹愁緒，半使遮藏雲鬢間，驚回首，記郎言猶在，多少情牽。」描寫美人耳朵的功用，動作及美態，十分傳神。

「夢娜！」亞當對女兒說：「保護妳的耳朵，別讓登徒子像狗咬和狼吻啊！」

七、妝罷夫婿帶笑看髮

麗娜的頭髮，濃密中夾帶光滑和烏亮，遇風蓬鬆飄逸，遇雨卷曲柔軟；它有時像一片茂密的叢林，蘊藏著無限的神秘與溫柔；有時像迎風招展的旗幟，統帥著無數勇敢善戰的「愛將」。她頭髮上的裝飾，能添加婿媚人的風情，髮髻的旁側，斜插一支玉搔頭，綴上幾顆明珠，戴上一片翠玉，結上幾個蝴蝶結，絲帶飄拂，轉動照人，宛若凌波仙子，飄逸脫俗，有不沾人間煙火的氣質。她的萬根柔髮，勾引才子們萬種相思，萬種情懷，趙鸞鸞的〈雲鬟〉詩：「擾擾香雲濕未乾，鴉領蟬翼膩光寒，梢邊斜插黃金鳳，妝罷夫妻帶笑看。」劉廷璋的「雲鬟」詞：梳罷香絲擾擾蟠，笑得金鳳帶斜安，玉容得汝多粧點，秀媚如雲若可餐，鴉色膩，雀光寒，風流偏勝枕邊看。」〈楚椒錄〉中載有一詞：「青絲七尺長，挽色出內家裝，不知眠枕上，更覺絲雲香。」《詩經》裏有首詩：「彼君子女，綢直如髮；彼君子女，卷髮如蠆，匪伊卷之，髮則有旟。」蘇軾也湊熱鬧，他的〈洞仙歌〉：「繡簾開，一點明月照人，人未寢，欹枕釵橫鬢亂。」「零亂」也成為一種美態，因為零亂的髮，在麗娜的嬌容襯托下，可以舖陳出一種嬈艷的情態來。漢朝的衛皇后，在她沒有得寵前，夜夜夢見夢娜，常在夢中模仿她的髮型，當她為武帝侍衣時，「帝見其鬢，悅之，立為后」。美髮迷人，由此可見。

「夢娜！一髮值千金！」亞當對女兒說：「每天梳洗清潔，好好地保護它吧！」

八、令人唾涎欲滴的臉

夢娜的臉，不僅可以入詩，更可以入畫和入夢，墨客的詩詞，畫家的畫筆，都是有最為鮮艷面部的夢娜詩圖；至於夢見夢娜，我們每個人都是「經驗豐富」，都會夢會那些像夢娜貌美，風姿綽約的少婦或少女，在夢中彼此「效魚水之歡」。夢娜臉上的皮膚，好似杏仁豆腐，輕吹便破裂；而且在光潔白皙的皮膚中，透露出鮮嫩的紅暈，像是百合花與紅玫瑰的孿生，也好似熟透了的水蜜桃和蘋果，令人垂涎欲滴，急欲飽餐秀色。

夢娜的臉，有時艷若桃李，如早晨含著露珠新鮮的花朵，散發著芬的香氣；有時冷若冰霜，使男人心裏往往不油然地感到寒冷；有時又像一個謎深藏在她的心底，看多情郎能不能用感情的鑰匙去開啟它。

她的臉也是一首抒情的好詩，讓「讀者」以一顆純潔的心靈去解讀它。讚美夢娜臉部的詩詞，如朱昂的詞：「團扇遮香，織素芳年，初滿月華，憑徐妃半露，偏宜鈿翠，崔即郎重到，依舊桃花。寶鏡分嬌，蘭膏餘沐，看煞眉梢新破瓜，陳燈夜，赧人前合影，酒暈紅些，分明一朵絆霞，照出來芙蓉傍若耶。忽淚絲難制，微嗔色異，春風省識帶眸斜。繪賞宣和，檀薰姑射，竊比仙姿渾未差。秦樓下，恍粉銀掩映，簾額窗妙。」又如白居易的「回眸一笑百媚生」和「芙蓉如面柳如眉」，明朝唐基的「薄施朱粉粧，偏媚倒插花技態更濃，立近曉風迷蛺蝶，坐臨秋風亂芙蓉。」王昌齡的「荷葉羅裙一色裁，芙蓉向臉兩邊開。」可見古人對夢娜的面貌，大多是喻作花一樣的美貌，而「人面桃芯相映紅」的絕句，傳為千古美談。

九、珠圓玉潤的香頸

夢娜烏黑的秀髮下，露出像珠一樣璀璨的香頸，對男人具有十足的魅力；尤其在她穿著無領羅衫時，讓珠圓玉潤的頸部，完全展露出來柔順細膩，潔淨光滑，鮮嫩雪白，長短合度，是巧奪天工的傑作。

在夢娜均勻的香頸上，黏貼著像凝脂的肌肉，富有女性特有的嫵媚，男人們為了親暱而像夢也似的去吻它時，便茫茫然陶醉在她的頸旁。

是女人的頸閃亮了項鍊，還是頸鍊美化了女人的頸？夢娜只需要戴上路邊攤的貝殼鍊，也能讓它閃耀著勝過價值連城的珠玉鍊，因為她的項鍊發射著迷人的芬香。大羅天仙如果和夢娜交頸而臥，他一定是只慕鴛鴦不羨仙了。

劉廷璋為夢娜的頸作詞：「霜肌不染色融負，雅媚多生蟾鬢邊，釣挽不妨香粉褪，倦來常得枕相憐。嬌滴滴，嫩娟娟，每勞引望帳佳緣。」陳玉堪也為她的頸寫了詞：「芙蓉鞸便遮伊，更向後看露處稀，喜巧蔽青絲，襯來雲錦，輕鬆小扣，露出蝤蠐，俯仰生情，低個作態，愛殺風前無限姿，魂銷也，羡鴛鴦交挽，穩睡芳池。」娓娓道來，使人魂銷，情思勃發。

十、小巧玲瓏的女強人肩

夢娜是天下第一美女，也是超強級的女強人；她的雙肩也像男人的肩一樣地堅強，能挑「百斤重擔」，這是因為她除了把家庭內大小事情，忍辱負重地一肩挑起外，還可以把任重道遠的國政大計，談笑風生地落在她的雙肩上；最可貴的是她天生的美人肩，玲瓏中蘊藏溫柔，當她和你斜倚欄杆，比肩對坐時，肩便自然產生一份柔情蜜意，它直穿透了你的心胸。

夢娜認為男人撫摸她的肩，是表示對她十分的寵愛，親吻她的肩是男人的熱情豪放；而男人呢？更以夢娜的肩做為他生命中最有力的依靠，因為她的雙肩，除了可分擔你精神上的寂寞，也常常替你分擔生活上的勞苦。

微風起，臨風立，最愛夢娜香肩依檀郎，張劭為她的「美人肩」作詩：「小立依依比陸郎，遠峰削就覺衫長，鬟垂舞不捎烏鵲，釵溜眼還壓鳳凰，醉後雙頹寒起粟，別分一拍手分香，折花那怕王昌見，艷彩今年未及牆。」陳玉璂也為她作詞：「燕尾低侵，雲在巧護，做就芳姿，想犀枕欹眠，勾歡暗並，紅闌斜倚，嗔婢偷隨，看去渾去拍來疑脫，多少離愁擔在伊，郎知麼儻問奴年紀，自小辱齊。曾誇削玉神妃，若寒夜吟詩聳恰宜，比徐母夢餘，雲容髣髴，吳姁相罷，風格依稀，每相紅偎，常躭翠擁，偏袒貪看浴起遲。微寒覺，倩情郎半袂，掩覆多時。」好一句「偏袒貪起時」，人生得有幾回和美女夢娜香肩相併，良宵賞月，「掩覆多時」啊！

十一、豐滿如蓮藕的玉臂

夢娜熱情的玉臂，柔若無骨而又豐滿如蓮藕，光潔細嫩而又馨滑賽凝脂，一小隊一小隊的王孫公子，都祈望躺臥在她那溫暖而又涼爽的臂彎裏，仰望藍天或瞻視明星，飄幻幻地做一個甜蜜的夢，希臘美女曾替夢娜代言：「我的手臂就是你的項鍊。」

當夢娜的玉臂伸直時，還生長有一個像臉頰梨渦一樣迷人可愛的凹窩；尤其是她的臂上還生長像秋毫那樣的絨毛，更增加了對男性的誘惑力。還有，夢娜喜歡以她的雙臂，像蛇一樣地纏附著她心愛的檀郎，一旦被她纏緊了，便不油然地禱告「地球停止轉動」，心旌蕩搖，銷魂蝕骨啊！韋莊替夢娜的玉臂作詞：「思重嬌多情易傷，漏更長，解鴛鴦，朱唇未動，先覺口脂香，緩揭繡衾抽皓腕，枕潘郎。」張泌替夢娜做〈美人臂〉詩：「半捲鮫綃露未全，金釧光籠妝閣曉，丹砂密護守宮年，柔情只許仙郎惜，嚙後纏綿印宛然。」溫馨綺麗，真情畢露。

十二、銷魂蝕骨的纖巧指

夢娜的纖纖玉手，嬌若葇荑，十指尖巧，宛似春葱；每當秋高氣爽，桂子飄香，鳳仙花開，姹紫嫣紅時，夢娜摘取花瓣取汁，塗染指甲，月夜調絃，像行雲流水，晨起匀臉，紅生雙頰，薄暮托腮，彩霞麗面，指甲猩紅，像是鸚鵡的嘴，輕彈纖指，如同在拋擲紅豆，很容易讓人錯認專試貞操的守宮丹砂。羅紗輕遮，不許郎看，遮處何曾真個遮，那掩入香羅袖裏纖玉手，紅指甲，忽隱忽現地又展露了出來……

夢娜的手傳遞著情感和私語，也可傳遞著愛情的讚美和尊敬。楚霸王的手可以「力拔山兮氣蓋世」，虞姬的手緊握著他的心靈，讓他「虞姬虞姬若奈何」，灑下來了臨死前的英雄淚。「推動搖籃的手，就是推動世界的手」，夢娜的手就是推動世界生生不息地向前走旳手。

銷魂纖纖指，檀郎蝕骨時，詩人晁錯為夢娜做〈采子夜歌〉：「明窗弄玉指，指甲如水晶，剪之特寄郎，聊當攜手行。」諸豫為她作〈美人指尖〉詩：「美玉纖纖啟鏡台，春葱露出甲皚皚，書生狂想直搔背，韻語頻敲偶托腮，燈畔含情羞弄帶，筵前撩興笑移杯，有時拈得雙紅去，贈與相思著意栽。」趙鶯鶯也為她作〈纖指〉詩：「纖纖軟玉削春葱，長在羅香翠袖中，昨日琵琶弦索上，分明滿甲染猩紅。」葛秀英為她作〈醉陰花〉（染指甲）詞：「曲欄鳳子花開後，搗入金盆瘦，銀甲暫教除，染上春纖，一夜深紅透，絳點輕濡籠袖，數點相思豆，曉起試新妝，畫到眉彎，紅雨春山逗。」歐陽炯也要湊熱鬧，為夢娜寫了首〈賀明朝〉詞：「憶昔花開初識面，紅袖半遮粧臉，輕轉石榴裙帶，故將纖纖玉手，偷撚雙鳳金線。」把夢娜初嚐愛情滋味的羞態，…「半遮粧臉」和「偷撚金線」，描繪得入木三分。

十三、豐滿柔嫩雪白的胸脯

夢娜豐滿雪白的胸脯上，生長著一對秀麗的酥乳，它是愛的呼鈴，是無聲勝有聲的仙樂。在人類的文化發展史上，女人的雙乳佔有極重要的藝術地位，中國古代就有膾炙人口，艷傳千古的「乳盃」，小有「丁香盃」，中有「夜光盃」，大有「水晶盃」，以不同形狀的美麗乳房，精工仿造的有十八種之多。足以證明中國人自古以來，就十分欣賞而偏愛女性的雙峰，仿其形為酒杯，內含的意義是表示喜歡撫摸它，以嘴親吻它，含它和吸吮它，甚至於輕輕的咬它。由於雙乳是人體藝術的精華，是撫養人類生生不息的泉源，風流無聊的男人，把它區分為七大類型：一是竹筍型：乳頭像蓮子，昂然突出；二是砂珠型：鮮嫩亮麗，高而突出；三是籃球型：圓而且大，行走時拋上顫下；四是電鈴型：渾圓滑膩，堅實細白；五是冬瓜型：位置較低，長垂及腰；六是酒杯型：小如酒杯，結實堅挺；七是沙漠型：胸部平坦，乳頭細小。夢娜因為害怕父親「修理」，不敢表演迷人的脫衣舞，不能看清楚她的雙乳屬於那一種類型，但，她的胸脯錦簇一團，嫩白似雪，雙乳像紅透了的蘋果，靜靜地守護著高貴的心窩，是眾所週知的實情。

夢娜的雙乳是她胸前的兩朵錦花，劉廷璋為她寫〈酥乳〉詞：「胍胍雙含緯小桃，一團瑩軟醞瓊醪，等閒不許春風見，玉扣紅綃束自牢，溫比玉，膩如膏，醉來入手興偏豪。」張劭為她作〈美人乳〉詩：「融酥年紀好少華，春鴦雙峰玉有芹，畫檻橫依平半截，檀檀側抱一邊遮，香浮欲軟初含露，粉滴才圓未破瓜，夾捧芳心應內照，莫教清楚照單紗。」宋翔鳳為她作〈沁園春〉（美人抹胸）詞：「絡索雙垂，輕容金護，收來暗香：塞上酥凝，峰頭玉小，恨淺抹棋拖一道，為當胸闌來，期他婉軟，一心偎貼，不間溫涼，偏纖手，在風前扇底更自周防。」趙鶯鶯為她作〈酥乳〉詩：「粉香汗濕瑤琴軫，春逗酥融白鳳膏，浴罷檀郎捫弄處，露華涼沁紫葡萄。」王偁也為她作〈詠乳〉詩：「一雙明月貼胸前，紫禁葡萄白玉田，夫婿調乳綺窗下，金莖幾滴露珠懸。」自古文人墨客絕妙銷魂的詩詞，細咬慢嚼後，自有一番滋味在心頭。

十四、承上啓下像凝脂的腹

夢娜腹部的曲線最是柔和了，它承上啟下，上頂巍峨雙巒，下接幽深的峽谷；它光滑的凝脂細膩而聚酥，沒有一絲兒皺紋和半粒塵埃，它莊嚴而又和穆，不與其他部位爭寵，它可以任由男人的手縱橫馳騁，讓男人的眼睛極目暢覽；還有，她的腹部中央，生長著一個甜美的肚臍，它像一隻小而圓十分精緻的酒杯，裏面盛藏著醉人的酒液，也像一個美麗動人而富有挑逗性笑靨，更像一個把歡笑和夢想全都捲入的漩渦。

夢娜的腹部，具有微微隆起的自然美感，它是人類生命的宮殿，孕育著一代接一代生生不息的新生命。陳玉堘為她的腹部作〈沁園春〉（美人腹）詞：「豐若多安，柔渾無骨，捫去情移，儻好事生羞，定看儂捧，芳心潛置，頻望歡推，覆著紅兒，圍成寶縫，郎足如加定不辭，記東床坦日，約略依稀，便休謝人嗤，奈懶性天生不合時，羨有福宮人，蒼龍曾據，何緣王母，彩鳳偏棲。對酒難披，靠窗閒鼓，孤篁單衾慣負伊，郎須指，笑此中何有，為汝成之。」他又為她作了一首〈美人臍〉詞：「屬體渾靡，柔鄉欲老，有美居中，料寶帶圍成，名同香麝，仙裙繫處，圓似珠宮，撫去難留，捫來可喜，欲醉還須齊酒濃，驚腸斷，怕春寒侵入，素手常封，當初誓月成空，對薄倖蕭郎噬莫從（噬臍莫及之意），愛紅日一輪，佳兒有夢，珊瑚半寸，嬌能客，市土曾憐，射堋堪笑，獨許靈犀向此通，宵來浴，怪銅瀅秋水，一點情鍾。」

十五、潔白如粉粧玉琢的背

夢娜的背，上連頸項，下接微瘦而圓的尾邊，它像一片寬敞而肥沃的土地，最宜於情人手指親切的探訪。她那潔白如粉粧玉琢的背，像一片和諧的白雲，交織成一個像鮮花的夢；尤其當她穿著迷人的透明彩衣，她的背在時隱時現，半露半不露的時候，對好逑的君子更富有誘惑力。

當夢娜在生氣時，往往會對情郎扭背相向，這是女性一種羞怯的表示，她心中卻有萬斛的蜜意濃情，欣賞她背部迷人的線條，一定會帶給無限的綺念和勾引起醉人的遐想。當細長的烏髮，遮蓋著她的肩胛和背脊時，如同一道黑色的小瀑布流瀉而下，更凸顯出她背部的神秘感。夢娜的美人背在男人「貓眼」的覬覦下，還可以發掘到她身上的「珠光寶氣」，杜甫為她寫〈麗人行〉中：「頭上何所有？翠微匐葉垂鬢脣。背後何所見？珠壓腰极穩稱身。」還有，楊葆光為她寫〈美人背〉詩：「別時剛試茜妙新，汗濕輕紗舊迹勻，長爪麻姑搔癢憶，畫圖周昉久伸頻，鬒痕翠繞客追步，腰衱珠圍穩稱身，盼到春回寒料峭，為君坐擁更情親。」

十六、柳腰款擺的小蠻腰

夢娜的細小蠻腰是上肢與下肢的分水嶺，它是最敏感、最怕癢，柔嫩無骨的「性感權威」。夢娜參加世紀選美大決賽時，就曾以「柳腰款擺，花心輕折」的細軟蛇腰，上頂著隆起的胸脯，扭發迷人的誘惑；下接著豐滿臀部，帶動它像蝌蚪似的顫動，把評審委員的眼睛全都誘進了水樣的鏡框裏，因而她艷壓群芳，獨佔鰲頭，讓全體人類為她而瘋狂。

自從夢娜選美榮奪后冠，在慶祝舞會上巧妙地利用腰都表演了「原始艷舞」後，舉世聞名的西班牙舞、埃及的肚皮舞、、夏威夷的草裙舞、日本的艷舞，都有樣學樣地全力在腰部痛下功夫，以便完全表現性感和美感。中國人是全世界最早欣賞夢娜細腰之美的民族，詩經：「窈窕淑女。」「窈窕」兩字本意是雅淑嫺靜，也可形容淑女腰部韻律美；下接「君子好逑」，是指男人因為美女腰部而引起的全身窈窕，而不惜磨尖了頭，抹滑了腳拚命去追求。今日花枝招展的仕女，為了永保像夢娜細軟腰身，以束褲、束腰帶等勉強將腰身束小，她們再怎樣運用「科學方法」來束小腰身，對比再對鏡自顧，仍然是比不上夢娜腰身的自然美，和自然地富有誘惑性，以及它貨真價實的優雅感。劉廷璋為夢娜的細作〈柳腰〉詞：〈嬌柔一捻出塵寰，端的豐標勝小蠻，學得時粧官樣細，不禁嬝娜帶圍寬，低舞月，緊垂環，幾回雲雨夢中攀。〉韓偓為她作〈嬝娜〉詩：「嬝娜腰肢雲淡薄，六朝宮樣窄衣裳，著詞漸見櫻桃破，飛語遙聞荳蔻香，春惱情懷身覺瘦，酒添顏色粉生光，此時不敢分明道，風月應知暗斷腸。」這首詩描寫夢娜美人如玉，嬝娜輕盈，衣裳窄小，足以證實她的腰肢纖細，燕語鶯聲，慧舌生香，萬般嬌嫩，承受不了那沉重的惱人春愁，花前月下，令人黯然神傷。

十七、豐滿圓滑細膩的臀部

夢娜最迷惑男人的莫過於她的臀部了，她的臀部豐滿圓滑，細膩白皙而富有彈性，它是集視覺和觸覺美的大成，讓男人產生心理上的美惑而心花兒朵朵開，而心神隨著她臀部擺動時所產生韻律美，而飛向了九霄外，而忘記了自己只是「矮屋」下的一介凡夫。

夢娜誘人的臀部，像兩個圓圓的象牙球，曲線最單純卻最難描繪，唯有偉大的藝術家，才能賦予它跳躍的生命和誘人的魅力。阿拉伯人形容夢娜的臀是一座能旋轉的天堂，而事實上它正如兩扇藝術大門，門裏全是黃金舖路和白玉填溝的寶藏，駐足門外，就足以令男人迷戀陶醉。藝術家以夢娜的臀部為「樣本」，或以描繪或以雕刻來凸顯女人臀部的美感，如「維拉斯的臀部美」和「蹲著的維拉斯」等，都是千古不朽的佳作；據說，除了夢娜擁有美臀外，曲線玲瓏的愛之神愛芙羅狄特，卡里皮可都被尊稱為「美臀女神」。

從文人雅士到販夫走卒，都很欣賞女性的臀部美；但在文學作品中，很難看到形容女性臀部美的字句，最近讀嚴歌苓中篇寫實小說「白蛇」，對女主角孫麗坤發胖的描寫：「一黃桶腰，兩個瓠子奶，屁股長（臀部）也是大大方方撅起上面能開一桌飯。」這是對夢娜的母親夏娃臀部的「寫實」，它也具有「上面能開一桌飯」的美感。為了不使夢娜的臀部受到委屈，作者自己提筆，胡謅兩首詩，其一：「娟娟白雪薄裳籠，無恨情懷一笑中，抬手輕輕臀股撫，和身款款雨煙濛，玉肌紋細一溝淺，光滑圓渾兩扇隆，天下人間景緻好，欣看藝品座春風。」其二：「溫柔玉白嫩盤勻，蓮步臀波處處春，路上行人皆駐足，笑誇希臘奉為神。」

十八、最神秘的是夢娜的屄

夢娜最神秘的是她壯鼓鼓地隆起的屄，世人稱它為「仙境」、「妙鄉」、「神地」、「私處」、「小溪」、「洞口」、「禁地」、「寶物」、「陰阜」、「女生殖器」等許多的「封號」，西方人比喻它為「維那斯山丘」，它位於小腹之下，是愛神的宮殿，是男性頂禮膜拜的聖地。在夢娜神秘的屄的周圍，覆蓋著細軟的茸毛，將她那最敏感，神秘中最神秘的「仙洞」遮掩著，僅是欣賞那一片鬱黑的叢林，就是夠男人神馳目眩，飄飄欲仙而不能自己；若是以手愛撫，或以唇親吻，更是讓男人忘記了塵世間的生老病死，有牡丹花下死做鬼也風流的英雄氣概！夢娜的「聖地」，雖然能夠讓男人在大旱金石流土山焦的時候傲然挺立，在疾雷破山風振海的時候屹立不撼，但，絕大多數的時間裏，男人只能以眼睛去膜拜，享受「眼福」於一瞬間，這一「瞬間的享受」，上帝的信徒，也不能例外，有位牧師在傳道前說：「請所有聽道的姐妹們，把雙腿交叉而坐！」等所有姐妹們把腿都交叉坐好後，牧師接著說：「現在天堂之門已關好，我們開始講道了！」由此可知，普天下的男人，對那凸凸隆起，萬種風情的寶物，都希望一睹為快。

時間的車輪，又轉回到了夢娜穿著草裙的時代了，在霓紅燈光的照射下，男人以望遠鏡透視女人的私處，發現：紅沉沉的小巢，黑油油的細毛，長短不一，而且又有各種形態，或濃密或稀疏，或如圓扇，或如數莖秧苗……

文人墨客為夢娜的「寶物」而吟詩作詞的有：在〈焚橇錄〉中有一詞：「解帶色已戰，觸手心愈忙，那識羅裙內，銷魂別有香。」另有一首〈寶物〉詩：從前有一個風流詩人，苦苦追求一個綽號「賽夢娜」的寡婦，要求她恩賜迷人寶物，她在苦追下窮於應付，便對詩人說：「怎麼見得我的私處是寶物呢？如果你能寫首好詩，形容其神氣處，我便把寶物賞賜給你！」詩人隨口吟道：「此物最稀希，兩岸夾一溪，有水魚難養，無林鳥可棲，巖下泉滴滴，嶺上草萋萋，可憐方寸地，多少世人迷！」寡婦無話可說，乖乖獻下寶物。後世有位才子和唱：「妙境仙鄉何處尋，桃源洞內黝森森，方寸原為銷魂地，引得漁郎來問津。」丁園澎在〈浣溪紗〉詞裏，描寫新娘第一課，獻出寶物時，含羞又怕又喜的情景：「竹影花耀映錦被，翠幃璨處可憐生，桃花著雨不勝情，偷覷已成心可可，含羞未便囑輕輕，牙根時咬一聲鶯。」秦少游〈香香深處〉詞云：「菖蒲葉葉知多少，唯有個蜂兒妙，雨晴紅粉開齊了，露一點嬌黃小，早是被曉風力暴，更春共，斜陽俱老，怎得香香深處，作個蜂兒抱。」秦少游是宋朝文學家，一漂亮小姑娘，心生幻想，欲化為蜂兒，飛入其港，真個是風流才子。在古老我國北方，盛行「小丈夫」制，流傳一個「啞謎」：「冬筍兒沒用，一竹篙打不到井底！」可見「寶物」之所以被讚美為「寶」，名副其實的是「深不可測」，可測便不是稀世珍寶了。

十九、豐盈柔滑像白璧無瑕的腿

夢娜的雙腿，粉香玉嫩，豐盈柔滑像白璧無瑕，凝脂般的吹彈即破。尤其是當她在渡涉淺溪，撩起草裙，或在驟雨中，被淋濕了衣裳，或被狂風捲起裙角，羞怯中用手按捺時，那瞬間的暴露，春光微洩似若隱若現，最是優美迷人，也最是動人心弦了。

夢娜無論是坐著、站著或走著，那雙美麗而豐滿的腿，自然地吸引男人的垂涎，而引起許多遐想，甚至於死心塌地的跟著她走。

美腿可以像綠葉襯托紅花，可以增添女人「閉月羞花」的容貌，今年十月自縊尋短的藝人于楓，她的外貌艷麗，身材姣好，因為天生一雙美腿，照射得更艷麗，更姣好，而被譽為「長腿妹妹」；遠在三十多年前，林翠因主演〈長腿姐姐〉影片，而被「王孫公子」拜倒「腿下」，可見像夢娜似的美腿，在當今上下都可以「空」的太空時代，下空並不遜色於上空啊！

在古老的中國，誰也沒有欣賞夢娜的腿究竟是怎樣的美？以吾鄉湘西為例，在六十年以前，女人脫鞋清洗腳上污穢，尚且必須在閨房行之，男人又怎能偷覷到她的大、小腿呢？因此，在中國文學史上，很少有為「夢娜腿」而歌頌的詩詞，翻箱倒篋後，只有元末劉廷璋有詠「美腿」的詞；「娟娟白雪絳裙籠，無限風情屈曲中，曉睡起來嬌怯力，和聲款款倚簾櫳，水骨嫩，玉山隆，鴛鴦衾裏挽春風。」還有，在與朋友趣聊中，談到有這樣一件趣事：有兩個秀才和一個商人，酒後「聯吟」，首先由一個留著小鬍髭的秀才吟道：「並蒂蓮不是並蒂蓮，二八佳人併頸眠，才是並蒂蓮。」第二個眉清目秀的秀才和吟：「夜來香不是夜來香，二八佳人晚梳粧，那才是夜來香。」商人不慌不忙的，指著那位有鬍髭的秀才，接著吟道：「鬍髭嘴不是鬍髭嘴，二八佳人翹起腿，才是鬍髭嘴！」這只是野史中的民間文學，但也值得推敲。

二十、美麗潔白纖柔適中的腳

昔日婦女，雙足纖小，走路時嬝娜多姿，尤以弱不禁風最惹人憐愛，三寸金蓮在花前小立時，繽紛落英，可掩沒足踝；拜月階下，菁苔處處，能步步生蓮，溫馨旖旎，活色生香，像春筍般的嫩，似新月樣巧，三尺白練緊緊裹住，一雙羅襪輕輕縛就，象床舞罷嬌慵悃倦，粉香玉嫩的小腳，像雙乳那樣地神秘，脫襪濯足，也得在「暗室」行之。

今日夢娜的雙腳，必須在運動場上奔馳，在人生的旅途上和男人競足，不再「白綾羅襪，亍亍獨行」，但它美麗潔白，纖柔適中而又嫵媚動人。不管是今日夢娜，或者是昔日婦女，她們的腳最是敏感了，最能「妙用」了，西門慶初次約會潘金蓮時，用腳勾踢她的足踝時，她默默承受了，讓西門慶淫心十足，昂頸挺胸地「追」了上去。

夢娜的足踝，可以獨當一面的令人欣賞，它的肌肉潔白細嫩，對男人具有獨特的誘惑力。學人辜鴻鳴，最喜歡夢娜型的美女腳，當他在寫作時，把美女腳放置他的腿上，讓他一面用手捏弄著，一面嗅到腳的氣味，而靈感勃發，而文思泉湧，一瀉千里。

在文人墨客中，李白有詠〈美人嫩腳〉詩：「裙下雙鈎落纖纖，入握應知軟如綿，願為蝴蝶飛裙邊，一嗅餘香死亦甜。」錢福的詠〈美人洗腳〉詩：「濯罷蘭湯雪欲飄，橫据膝上束鮫綃，裹來玉筍纖纖嫩，放下金蓮步步嬌，踢碎香風飛彩燕，踏殘明月聽瓊簫，幾回縮向鴛衾裏，勾醒郎君去早朝。」唐伯虎作〈排歌〉詞：「第一嬌娃，金蓮最佳，看鳳頭一對堪誇，新荷脫瓣月生牙，尖瘦纖柔滿面花，覺別後，不見他，鳳鳧何日再交加，腰邊摟，肩上架，脊兒擎上手兒拿！」詠夢娜美腳的詩詞很多，可見腳對美女的重要了。

（全文完）

《附錄二》淺說短篇小說創作

一、前言

文藝是屬於藝術的部門，短篇小說是文藝中一種至高的形式，它的創作過程是極端困難的；那些「下筆千言，倚馬可待」的短篇，不完全都符合「真、善、美」的標準。短篇小說在文藝中獨樹一幟，甚至與長篇、中篇亦迥然不同。從事寫作的朋友們，常以練習短篇為長篇寫作的入門；然而，那些經年累月長篇創作的作家們，他們的短篇，不一定能像長篇那樣地寫得有聲有色；這道理很簡單，那就是文藝是極高尚的藝術，凡是藝術的東西，舉凡攝影、音樂、美術等，都沒有定型的創作技巧，一個從事文藝創作的人，不可能使每一件作品都很精彩。

最近因為業務上的關係，和許多青年朋友來往；青年不但最富有熱情，而且最富有想像力和創造力。大家在一塊兒混熟了便無拘無束地無所不談；尤其對文藝創作的問題最富有興趣了。當他們談到有關短篇小說的創作時，我便默不作聲，不知該怎樣談了。這是因為短篇小說雖然被人認為是「短篇小文」甚至認為它只是「街頭巷尾，道聽塗說」的瑣事，不能登大雅之堂；它卻是「麻雀雖小，五臟俱全」，我們窮畢生之力從事於研究，也只不過像是個沒有臨床經驗而只憑書本獲得醫學博士的醫生，仍然不可能治癒每一種絕症。何況我們並沒有像博士醫生那樣地勤讀，來從事於對短篇小說的研究呢？但，話藏心頭，不吐不快。

短篇小說在文壇上的地位，將取代長篇的趨勢，已是很明顯。在這科學日益進步的太空時代，戰爭的勝負，已取決於十分之幾秒內；人們的生活和工作，從早到晚緊張地忙碌著，沒有過去農業社會裏茶餘飯後，逍遙自在，悠哉遊哉的興緻了，像「約翰．克利斯朵夫」，像「戰爭與和平」等長篇巨著，已不適合工業社會裏多數人的需要，短篇小說，無可置疑的將是時代的寵兒。因此，我們常常可在報章雜誌上，發現許多大作家們對短篇小說的高論；但，大多數只是綱領似的提示而已。

爰特根據這些綱領似的提示和本人在寫作過程中所獲得的經驗，對短篇小說的創作，做一有系統的介紹，旨在拋磚引玉，供愛好文藝的青年朋友們，共同研究，還望不吝指教。

二、甚麼叫做短篇小說

自從十九世紀以來，短篇小說飛黃騰達，在文壇上有驚人的發展。天才短小說作家愛倫坡說：「短篇的故事散文，是指半小時至一、二小時所能看完的東西。」又說；「短篇的故事，無論作者的意向如何；讀書的時候，讀者的心，已握在作者的手中，不會受疲勞或中斷而發生的外界影響。」我們平日對短篇小說的印象，認為是一萬字以下短小精幹的文章；其實呢？要為短篇小說下一個簡括的定義，是極端困難的事，正像美國文藝批評家孛列克爾說：「無論那一時代的短篇小說，倘要為它們下一個包羅萬象的定義，是很危險的事。」然而，他自己卻對他的朋友威廉斯說：「短篇小說是為一間房子，或一個人的生命，點燃起來的一支臘燭。」

我國的文藝作家們，他們常常引用胡適先生對短篇小說所下的定義。胡先生遠在民國七年三月十五日，在北大國文研究所小說班做過一次「短篇小說」的演講，開頭就說出了短篇小說的定義：「短篇小說是用最經濟的文學手段，描寫事實中最精彩的一段或一方面，而能使人充分滿意的文章。」所謂「最經濟的文學手段」，胡先生的解釋是：「須要不可增減，不可塗飾，處處恰到好處。」所謂「事實中最精彩的一段或一方面」，解釋是：「能用一段代表全體，能用一面代表全面」。譬如把樹的樹身鋸斷，植物學家看了樹身的「橫截面」，數了樹的「年輪」，就可知道這樹的年紀，這「橫截面」就是這樹最精彩的一面。一直到目前，還沒有人比胡先生對短篇小說的定義，說得更具體、更明朗化的。

綜合起來說，短篇小說是文藝中一種最高尚的形式；沒有別的文藝，更能像短篇小說一樣地能把主題集中，能把人物和故事集中在最小的篇幅裏。更可以武斷地說，沒有別的文藝能像短篇小說一樣地在短小的篇幅裏，能運用藝術的方法，表現人生中最精彩的一段。短篇小說將隨時代藝術的進步，在未來多彩多姿的文藝舞台上，必定還有更精彩的表演。

三、長、短篇的區別

為了進一步對短篇小說的認識，不得不對長、短篇加以區別。根據天才短篇小說作家愛倫坡說：短篇小說是「坐下來」「在一、二小時內」可以讀完的東西。那麼，在這時間內讀不完的東西便是長篇。（不擬對中篇加以說明，因為中篇是介乎長、短篇之間的）。過去「亞洲畫報」每年短篇小說徵文規定在六千字以上，一萬字以下。今年國軍第四屆文藝金像獎徵文規定短篇在一萬字以上、中篇在七萬字以上、長篇在二十萬字以上。像這些以字數來規定長、短篇，不能說完全無稽，正像愛倫坡以時間來規定短篇，是同樣的道理。

但，長、短篇的區別，也並不是說得這麼簡簡單單，因為長篇和短篇，不但在形式上和內容上有分別，而且在創作手法和表現藝術的手段上，也截然不同。

短篇小說的特質是把社會巨大的事件，用省略的筆法描繪出來，使之能集中於一點；也可取材於極單純渺小的事，描繪成一篇深深地暗示著極複雜重大的東西。所以，短篇小說是人生的速寫，是人生的片斷，是用最經濟的手段描寫事實中最精彩的一段，是故事的橫截面，只要從這橫截面，能夠反映出全面，越經濟越簡單美麗便越好。長篇小說倒沒有短篇小說那麼嚴格，它雖然包含著複雜的人物、佈局、以及許多糾葛與鬥爭，卻有充分的機會來說明這些複雜人物，巨大事件的來龍去脈。只要把握住一個主要的線索，在立體的故事中、人物中，可以發展若干枝節的故事，而且，除了表現這故事的大主題外，附帶的枝節故事中，也可以表現一些小主題，像田原先生的「古道斜陽」，王藍先生的「藍與黑」，其中就有許多枝枝節節的小主題，不過，它們都是環繞大主題的「衛星」。

長、短小說在創作技巧上的不同，正像繪畫和雕刻，繪畫是增加一些東西於對象物（畫布）上，而雕刻則是從表現的對象（銅、石膏等）上減少一些東西的作品。當藝術家揮筆在畫布上時，發現色彩不對的地方，可以重行改畫，而抹上符合他新生的意欲。當藝術家握刀雕刻則不相同了；他必須先把他所要雕刻的，有完整而確定的意念，集中在所要表現的對象物上，因為他一經雕刻，便不能再修改了。短篇小說的作者，愈是在腦海裏澄清他小說的故事，去蕪存菁地取材，也就愈有力而愈精彩了。

我在第一節中曾聲明：「一切文藝沒有一定的形式，也沒有一定的創作方法。」是為了怕讀者們拘泥這些「形式」和「方法」，在自己創作時受著很多不必要的牽制。舒暢先生說：「文藝理論是一本最壞的書。」也就是這個道理。但，這些「形式」和「方法」，我們又不得不瞭解，正像一個學美術的人，不從「名家」指點，往往不知道如何「調色」！

姑且舉個例，證明文藝是「沒一定」的形式的。名作家徐速先生在他寫的「長篇小說與短篇小說之分別」中說：「分析了長短篇的統一性，產生了新的看法和想法：長篇小說可以包涵短篇小說，短篇小說可以演變成長篇小說，長篇小說的題材可以簡化成短篇小說。」這與胡適先生對短篇小說的演講大相逕庭，胡先生堅決地說：「西方的短篇小說，英文叫Short Story，在文學上有一定的範圍，有特別的性質，不是單靠篇幅不長便可稱為

『短篇小說』的……凡可以拉長演作章回小說的短篇，不是真正的『短篇小說』；凡敘事不能暢盡，寫情不飽滿的短篇，也不是真正的短篇小說……」語云：「用古人而不為古人所惑。」從事寫作的青年朋友們，我們可探討創作的技巧，可千萬別被那些技巧所困擾，這是要特別提醒大家的。

四、形式和體裁

在美學上說，美分為形式美和內容美。形式美如形體的平均，色彩的調和；描寫慈愛心的圖畫，表現離別情的雕刻，此慈愛心和離別情，便是內容美。何謂體裁呢？是指文詞中的程式，體謂體製，裁指剪裁；「延年體裁明密」（顏延之，字延年，南朝宋之臨沂人，文章冠當時、與謝靈運齊名），是對顏延之文章體裁的說明。

短篇小說的取材，往往是表現一個人物，或者是某幾個人物的一樁事或幾件事；而長篇小說的取材則可海闊天空地從一個人的出生；一直描寫到他的死亡止，像「約翰•克利斯朵夫」就是一例。因此，我們可以知道短篇的題材是要經過選擇和壓縮的，不能浪費筆墨。但，長篇小說所要求的，譬如像人物曲型的塑造，要求其澈底形象化，在短篇小說中，雖然沒有足夠的時間來對事物與人物等，加以描寫和敘述，卻同樣需要形象化，甚至要求更嚴格。

　　由於短篇小說受著許多的限制，在創作上也就產生各種不同的特殊技巧，作家們為了要求形式美和內容美相互交輝，便產生了「多變的形式」；不管形式上如何千變萬化，而其體裁則大多是「集中的」。這多變的形式和集中的體裁，在文學上最是千差萬變，最是豐富了，其本身就是一種高尚的藝術。根據「名家」的統計，短篇小說有六百種以上的形式，我們不相信確有這許多，也不相信僅是這個數字，因為有了統計數字，便否定「沒一定」了。但，無論在中外短篇小說中，我們常常可見到的有關短篇小說形式和體裁的，不外是……有的用倒敘法，或是用時間，或是用地方，或是用景物等開頭的；有的分章分節，有的完全用第一人稱寫，或有的用第三人稱，有的在第一人稱的描寫中，插入第三人稱的場面；有的在聽人講故事，或有的在給人講故事。有的用日記體，或有的用通信方式；有的用對話來發表，或有的用代言「作者的口吻」來發展，有的對話中還有對話；有的彼此對談，有的一人同時和三、五人聚談……有的開頭便「畫龍點眼」展示了主題，有的要在最後才把主題表現出來；有的高峰起伏，有的平鋪直敘（這種平鋪直敘的小說，唯有寫作已成熟的作家，才能吸引讀者）……有的創作形式是採片斷的，有的是精簡的，有的是用突出的藝術手段的……總之，它的形式，多得像是滿天的星斗；它的體裁被認為是一種最難以駕馭的體裁。

五、結構

短篇小說的結構到底包括了些甚麼？是難以肯定的問題。但，它不外乎包括了開頭、發展、糾葛、頓挫、轉機、焦點、急降、結尾等階段，許多名家們都會對它有過詳細的分析。我的管見是根據短篇小說「越經濟越簡單越美麗便越好」的原則，把它的結構分為以下四種：

一、開頭：每當我們提筆為文，初習寫作的時候，首先遇到的困難便是怎樣開頭？一篇成功的短篇，一定是一開頭就吸引了讀者的，困難就在如何吸引讀者？

開頭的方法很多，譬如從時間上、氣候上、景物上、人物上等開始，從故事的中心著手寫；用倒敘法，平鋪直敘的方法等。至於哪一種開頭能吸引讀者呢？我的回答是每一種方法都可以，就看作者是否能把握題材和氣氛，也就是說，需要針對題材和氣氛來選擇適當的寫法。

開頭的方法固然很多，為了抓住讀者的心，使他們愛不釋手，最重要的當然是：故事必須明朗，主要的人物一定要先出場。

最後，我贊成把一個緊張的場面放在開頭，象徵著有一件重大的事情立刻要發生了，讓讀者靜心靜氣地隨著故事的發展，而追求其中疑難的問題，倒是一個好的技巧。（我所指「緊張的場面」，不全是引起打鬥的場面；凡可引發小說中主要糾葛的都是。）

二、過場：甚麼叫做過場？在電影事業非常發達的今天，這名詞很熟悉，卻沒有幾人真能弄得透澈；根據王平陵先生的解釋是：「在故事中發生許多糾紛和衝突，構成各種緊張，驚險的場面，才能鼓舞讀者的好奇心，使他們沉浸在故事裏，希望知道作者怎樣處理故事的糾紛，解決人物的衝突。這在戲劇上有個用慣了的術語，叫做『過場』！」「使讀者沉浸在故事裏」，可不是件簡單的事；必須「發生許多糾紛和衝突，構成各種緊張的，驚險的場面」。我敢武斷地說，小說家之難就難在這裏了。

我把「過場」做簡單的解釋，就是故事的交代。交代固然要清楚，太清楚便沒有「懸疑」了；我們中國的舊式小說，有個古老的交代法：「欲知後事如何？且聽下回分解。」真象未明白以前的「分解」，就是過場的描寫；在這一段描寫中。必須製造一個「高峰」——便讀者最沉溺的便是「高峰」。過場戲是最不討好的，最不受歡迎的；讀者也最不諒解，這是作者最困難的地方。

一個長篇的過場，可以有餘裕的時間，在「下回分解」（在本回中也可能有分解）；短篇則不然，必須把握住人物，故事的線索，做到故事的銜接，人物與人物的融合，像是後浪推前浪的緊隨不捨。用最經濟的文學手段，佈置最緊張的場景，控制住讀者的心靈使不被他們發現其中的裂隙，一步一步地隨著情節的發展，像著迷一般趨向高峰。

三、高峰：在許多預為安排的「驚心動魄」的過場中，把故事逐步發展到出乎讀者的預料，而仍不違背常理和人性，把糾紛和衝突，獲得「出奇制勝」的解決，這便是高峰。我國有兩句古老而常新的話：「人情練達是文章，世事洞明皆學問。」一個作家，不可不「練達人情，洞明世事」。糾紛和衝突的解決，違背世事，超越人情的「出奇制勝」，是小說的大忌。愚意以為短篇小說的高峰，要以快刀斬亂麻的手段，來解決糾紛和衝突；但，別忘了給讀者留下一點印象——為甚麼會這樣呢？（以達到出奇制勝，且是必然的，合乎情理的。）文藝小說之具有高尚藝術價值，就在於「表現」，所謂表現，是指要「射影」著主題；只要主題明朗了，不需要像武俠小說似的說個水落石出。

四、結局：有了「出奇制勝」，緊張熱烈，或者是輕鬆幽默等高峰，再循著高峰的起伏，總結全部的情節，自然便產生了水到渠成的結局。對整篇小說而言，欲引起讀者的共鳴，達到主題所負的使命：「表現人生，啟迪人生，美化人生和指導人生。」結局是頂重要的。譬如「茶花女」啟示愛情的偉大，「約翰・克利斯朵夫」則表現人性的昇華。這是因為「茶花女」的結局是茶花女瑪格麗特的殉情；而「約翰・克利斯朵夫」最後的結局雖然同樣是死亡，表現的卻是：「……至於我自己呢？我向我過去的靈魂告別，我把它像一個空殼一般拋去，生命是一個死亡和復活的延續；克利斯朵夫啊！我們若要再生，先得要死！」所以他的死亡，是一種復活，是一種再生。短篇小說短小精幹，在結局時，一定要做到三點：一、要把主題揭示。二、要把故事落到主角身上。三、故事要斬釘截鐵地完滿了結。

短篇小說的結構，當然不只這四大項，其他如主題、故事、人物等，也應當在範圍以內；我們如對上列四項，果能「大澈大悟」，絕不至於把短篇小說寫成散文，或者只是「說故事」了。

六、剪裁

我們初習寫作的人，往往有一個通病，那就是發現了美麗的形容詞時，喜歡冗長乏味地堆砌；偶然拾到了甚麼「絕句」時，不管它是否恰當，硬不肯捨棄，完全違背了短篇小說「短小精幹」的原則。

三年以前有一位專寫「現代小說」的作家（不是批評，只是舉例而已），在他的一篇小說裏這樣地寫道：「他是酒徒，嗜酒如命；他也是個喜歡杯中物的人，見酒流口沫。因此，他兩人便成了知己，成了酒肉朋友；每當夕陽西下，兩人經常手牽著手，出入於××大酒店」這一段文字，如果在長篇小說裏（長篇也需要剪裁），為了消磨讀者的時間，勉強可以「過去」；在短篇小說裏，則需要加以剪裁了。譬如「他是酒徒，嗜酒如命」這兩句話的描寫，乍看之下，沒有語病；仔細推敲，便值得研究了，因為既是「酒徒」，當然嗜酒如命。我們如果把這則文字改寫成：「他們兩人都是酒徒，常常手牽著手，出入××大酒店。」比較精簡，況且，也同樣可從「酒徒」、「手牽著手」的話中，知道他們兩人是「酒肉朋友」，至於酒肉朋友是否夠得上知己，也是個疑問？

以寫「人間的喜劇」而成名，一生寫了近五十部作品的法國作家巴爾札克，他曾傲慢地在巴黎拿破崙的銅像下寫道：「你的劍不能到達的地方，我的筆能去！」拿破崙的劍橫掃歐亞兩洲，巴爾札克的小說卻風行全世界。他對寫作的態度是非常嚴謹的，往往把原稿修改七、八次之多，修改到自己都無法辨認了。我們如果認為寫小說是件易事，不加剪裁，草草地寫在方格紙上，只能說是對巴爾札克的一種挑戰行為。巴爾札克雖然傲慢，他只敢自己誇口像他這樣的天才作家是「前無古人」了——因為沒有人比他寫得更多，而不敢說「後無來者」，大概他生前已經預感到，後來的寫作者，將不再像他那樣地嚴肅了（因為我們不用草稿，不修改，比他寫得更快。）因此，我說：「最大膽的作家，就是不用草稿！」

由此可見剪裁對於寫作的重要，而短篇小說的要求尤為嚴格。因為短篇本身必須「不可增減，不可塗飾，處處恰到好處。」剪裁是一種藝術的手法，它對短篇的要求，並不下於一把剪刀之對於女人的旗袍，或者是男人的西裝，寬一寸長一寸固然不可以，狹一寸短一寸也是不合身的。但，我們如何實施剪裁呢？各人使用的藝術手法不同，管見以為：一、要懂得去蕪存菁，凡是多餘的，對主題、故事、人物，無關痛癢的，統在摒棄之列；二、要捨得割愛，不需要自我表現，也就是我在本文開頭所說的，避免使用那些「絕句」，或是那些自以為美麗的形容詞，冗長乏味地堆砌在一起；三、把握住「描寫」（不管是對人物、事物、景物）在短篇中的地位是——簡單明瞭。

七、短篇組成的因素

像長篇一樣，短篇必須具備主題、故事、人物三大因素；它們是一體的三面，缺一不可。許多美麗的散文，在形式上不但有故事，而且也有人物和主題，為甚麼不能算是短篇小說呢？這是因為短篇雖然沒有一定的創作方法，卻有「一定的範圍」和「特別的形式」；凡寫情不飽滿，故事不完整，人物沒有形象化的，都不能魚目混珠。遠在民國五十二年，我有位好朋友，辦了一份雜誌，為了引起讀者對短篇小說的興趣，特舉辦「萬元徵文」，我是評審委員之一，有幸拜讀各地青年作家的作品；在數以百計的稿件中，竟有半數以上是「雜文」，而這些作者，全都是在校的中學生，他們對短篇小說毫無認識，抱著

「碰運氣」的心理應徵，又怎能錄取呢？我所以提出這件事來，在勸勉我們後起的寫作者，如果希望自己在文壇上出類拔萃，首先必須樹立基本觀念：做官有官運，經商靠「財神爺」，只有寫作必須一步一個腳印，靠自己勇往直前，功夫不到家，別怪編輯不用稿，別罵評審先生有眼無珠好了，閒話少說，話歸正題。

王平陵先生曾說「故事、人物及背景，是構成小說的要素（不論長篇或短篇）；至於主題，是作者依據人生觀、世界觀，亦即是自己的修養和經驗所提出的道德批評，透過這些因素，讓讀者能夠領悟的結論，如果讀者當前急待解決的問題，作為小說的要素，那麼，主題的性質，便是作者站在自己的角度，對某種問題的看法或解答。」由此可知，一篇文藝作品，為了要達到它所負的使命：「表現人生，啟迪人生，美化人生和指導人生。」主題是不可或缺的。管見把主題列入短篇的要素，並不擯棄了背景，蓋人物扮演故事，一定是在時空中進行的。

其次，再談到一篇短篇的創作過程，主題、人物和故事，到底誰勾引起作者的靈感呢？此說議論紛紛，有人認為作者先有主題，然後再物色人物，再編製故事；也有人說先有故事，然後再塑造扮演故事的人物，籍人物在故事中的矛盾、衝突和情節等以表現主題。管見贊成謝冰瑩教授在民國五十年九月六日，在聯合報「答覆二十個寫作問題」時第八問題「在老師的小說裏，是先有故事，後有人物呢？」答：「不一定，有時先找到一個故事，然後腦子裏去想像一個人物；有時看到一個人物，替他編一個故事；也有時人物和故事都是現成的，那就很好寫了。」她雖然沒有提到主題，卻是同樣的道理。

八、短篇的題材

有人說短篇小說的作家，最容易「江郎才盡」；因此，我們把某一作家的「短篇小說創作集」，反覆研讀後，此一篇和彼一篇，或多或少地有雷同的地方；甚至所塑造的人物，都是同一類型的個性，只是這些人物所扮演的故事不同而已；這種現象，在專寫長篇言情小說作家的作品裏最多。我們也發現有些作家，專寫「古典文學」（二三十年前的事），讓讀者回憶中去「摸索」，不能面對時代取材，以致摒棄了絕大多數的青年讀者。這種現象，是因為作家本身在「多產」以後，精疲力倦，而感覺到無可取之材了；只得把原有的作品改頭換面地重寫，或而在歷史裏引發靈感，尋求題材了。管見則不以為然，根據我個人的經驗，短篇不容易寫好，倒是事實；它的題材，多得像是海灘的蚌殼，取之不盡，只看我們如何去獵取而已。譬如我們看到落日黃昏，可以寫一個少壯不努力的人生故事，或而寫一個「遲暮的處女」的悲傷；看到「陌頭楊柳色」，可以寫一個懷念征人的少婦；讀了「春風又綠江南岸」，可以寫一個懷念大陸同胞和他們生活的故事等；其他如戰士們英勇的事蹟，勤勞苦讀的好學生，拾金不昧的好人好事等……可見短篇題材的搜集，除了從日常生活中去體驗外，書本和報刊上，也有取之不竭的好資料。但，為甚麼同樣一個題材，在「名家」們寫來有聲有色，而我們自己的作品，卻無滋無味呢？舉個例吧，譬如攝影，各人所取的角度不同，所攝取的鏡頭便各有千秋；何況，他們的基本學識和寫作經驗，遠非我們所能企及，我們唯一辦法，便是多讀多寫，久而久之，自然水到渠成了。

短篇的人物少，時間短，篇幅有限，選擇題材時，一定要懂得去蕪存菁，取其能「一面代表全面，一段代表全體」的題材，才符合「最精彩」的要求。還有，我們所獵取的題材，一定要使故事和人物能夠形象化；所謂形象化；就是要盡量使讀者們能看得到、聽得到、嗅得到、感覺得到相信這題材不是杜撰的，才能引人入勝。過份的誇張，沒有來龍去脈的巧合，都不是科學時代的產物。如何達到這形象化呢？就是要向問題的深處研究，才能發掘主題，才能引起讀者的共鳴。

九、結論

任何一件文藝作品，它必需具有時代性，短篇小說更不例外。其麼叫做時代性呢？那就是文藝作品的內在美，它必需繼承傳統，走向現代，才能流傳千古。傳統是一代接一代堆積起來的，如同增加財富一樣；它是已知的、固有的，成功了的創造和發明，已經推進檔案室裏的「舊品」。未來又是些甚麼樣的新鮮「產品」，是個絕對的未知數。唯有現代把握在我們自己的手裏，但它一夜之間便變成過去，變成傳統了。因此，我們要達到文藝創作的理想和目標，首先就不能把西洋的文藝思潮，移用來取代或支配我們的文藝創作。這是因為西洋的文藝思想產生的時代背景與我們不同，而且，西洋文藝運動如果是成功的它已經成為一種新的傳統；如同開礦一樣，別人已經開採過了，或正在開採當中，我們絕對沒有理由鑽進同一的礦穴裏去，尋找那些剩餘的渣滓。如果它是失敗，或不是為大多數人所共有的，我們便更沒有理由去蹈別人的覆轍了。由此可知，所謂時代性，就是要在傳統的基礎上把握現代——把握現在這個時代的背景，把握現代人群的所需要，把握現代人性的尊嚴——發揚創造精神，高擎著現代的文藝火炬，引導傳統，一步一步地走向更光明的未來。

自從十九世紀以來，短篇小說一直是時代的寵兒，這是因為它具有一般文藝作品未有的許多特性。至少是在現代——不敢說未來，還沒有別的文藝作品，可以取代它在文壇上歷久彌新的地位。因此，每一個從事於短篇小說創作的作家，趕快把握住它的特性和時代要求，繼承傳統文學的主流，擷取歐美文學的精華，熔冶在民族文學裏，表現出我們民族獨特的思想與風格，寫下流傳千古的佳作，為萬世開創坦坦蕩蕩的文藝大道。本篇「淺談短篇小說的創作」就此簡單結論吧！

（五十七年九月忠誠報）

《附錄三》張行知作品目錄

論述

書籍名稱	出版單位	地點	出版年月	備註
大陸作家短篇小說評選	臺灣商務印書館	台北	71.12	77.8 二版
像一串璀璨的珍珠	桃園縣文化中心	桃園	85.6	

散文

書籍名稱	出版單位	地點	出版年月	備註
走過坎坷路	桃園縣文化中心	桃園	81.12	
理財專家孫武	華智文化事業公司	台北	87.10	
砲聲響起	黎明文化公司	台北	78.1	報導文學

合集

書籍名稱	出版單位	地點	出版年月	備註
張行知自選集（散文、小說、論述）	黎明文化公司	台北	76.4	

小說

書籍名稱	出版單位	地點	出版年月	備註
伯依山下的兒女（長篇）	綜合出版社	台南	53.4	雲海副刊連載
隱情（長篇）	綜合出版社	台南	54.11	雲海副刊連載
洪流（中篇集）	臺灣商務印書館	台北	58.12	
黑鷹（短篇集）	東海出版社	台南	59.5	
輓歌（中篇）	陸軍出版社	台北	64.6	
遲到的約會（極短篇）	宏泰出版社	桃園	72.2	
大漢兒女（長篇）	欣大出版社	台北	73.6	
大漢兒女（長篇）	好望角出版社	台北	76.7	再版
蘆溝橋的炮聲（短篇集）	采風出版社	台北	74.10	
過河人（中篇）	采風出版社	台北	74.11	

傷痕（中篇）	黎明文化公司	台北	79.1	
海樣的情（極短篇集）	采風出版社	台北	76.6	
孤王（長篇）	長江文藝出版社	武漢	80.12	〈暢流連載〉〈中廣〉播出
了情歌（長篇）	長江文藝出版社	武漢	80.11	青年副刊連載
危城（短篇集）	皇鼎文化出版社	台北	88.11	
傳說乾隆（長篇）	新曙光文藝社	台中	95.1	

為何小說式微——代後記

小說－尤其是長篇小說是藝術的最高境界，運用此一形式去表現文學藝術，比詩歌、散文、圖畫、雕刻，甚至於電視、電影等，它所反映的更能接近人生，更能多方面反映人生、表現人生、美化人生和指導人生。譬如長篇小說在人物性格的形象化上，提供了無限大的廣場。而詩歌，即或是長詩－如史詩，對人物性格呈現的舞台也很狹小；而戲劇呢？不管是舞台劇或電影，都要受到：為了適應觀眾的耐性，必須把情節凝縮為有限的場面；其次是客觀性的呈現，不容許劇作者完整地分析人物通過思維或動作所表現的反應等。以小說原著拍攝成電影，公認最成功的是以《飄》拍成的〈亂世佳人〉，但密契爾女士筆下的女主角郝思嘉，她美麗、驕縱、放蕩，而電影卻始終無法淋漓盡致地顯現出來。況且，小說裏也包含了散文、詩歌等各類文學作品外，它還能上窮碧落下黃泉，天文地理、上下古今，浩浩蕩蕩，像大海匯聚百川，無所不包，也無所不含。此所以諾貝爾文學獎，除了少數的一二，頒發給大詩人外，十有八九都是小說作家「得天獨厚」。遠在十年前，台北兩位出版界的巨擘，在某報刊出的一篇有關文學的對話中說：「在任何國家文字出版品的數量，必是本國作家大於外國作家，小說類大於非小說類；在美國，非小說類年銷頂多一百萬冊，小說則動輒五、六百萬，但在台灣正好相反。」近二、三十年來，台灣小說日趨式微的現象，可以從多方面來探討，以出版界來說，以上兩位執出版界牛耳的巨擘，他們的出版品至少年產一百多冊，而小說類不及十本；而其他的出版社呢？幾乎完全把小說作品打入了冷宮。而報紙的副刊，在二十年前，至少每個副刊，都可以看到一篇，甚至兩三個長篇小說的連載，某晚報還以一百萬元的高價徵求一個長篇小說等；至於短篇小說，幾乎是天天都可以見報。而今呢？不僅是大多數的副刊長篇小說「絕跡」，短篇小說也要坐在圖書館裏，睜大眼睛翻閱幾家副刊，才能尋找到它的「芳跡」。負責主編〈九歌出版社〉〈九十四年小說選〉的小說作家蔡素芬小姐指出「去年發表在平面媒體的小說只有兩百餘篇」。單從以上雜碎的「現象」，就可知小說的式微，其他還有一籮筐的「怪事」，沒必要一一列舉了。那……為何小說式微呢？首先是社會價值觀的蛻變：過去的社會是「萬般皆下品，唯有讀書高」，「一日不讀書，面目憎惡」，「富者因書而貴，貧者因書而富」，「學而優則仕」，「士農工商」以士最受人尊敬了。而今呢？尤其是最近二、三十年來，完全蛻變到了「笑貧不笑娼」的社會，二〇〇六年的今年五月二十一日，某報的社會新聞版載：「國三女譏父：我援交賺得比你多！」年輕人如此不知羞恥，恐怖極了。因此，不論男女老少，人人不擇手段地爭相賺錢，有錢人可以做「紅頂商人」，有錢人可以三妻四妾，有錢人出有名車，住有豪宅，錦衣珍食，穿金戴銀的耀眼生輝，爭奪錢財都忙翻了天，那兒有餘閒讀書呢？要讀，也要選理財致富的書，文藝作品便首當其衝，而小說更是萬弩齊放的盾牌。其次是國人歧視小說：古代小說不入流視它為非「正派文章」，因為它所寫的是「道聽塗說」的荒謬事，有「男不讀《三國》，女不讀《紅樓》」的偏見。而今呢？「不入流」的錯覺愈說愈黑，以最大的民間文藝團體〈中國文藝寫作協會〉為例，二〇〇六年的今年文藝獎章獨缺小說獎，推敲出來的理由很簡單，應該不完全是「不入流」的影響，而是台灣選不出來獲得此項殊榮的小說作家。而其他的縣市民間文藝團體舉辦徵文時，揚棄小說者，十有八九啊！再其次是小說作家不寫小說；沒有發表的園地外，在「錢的社會」裏，小說作家也很現實，虛耗兩三年的美好時光，收不到半文聊以自慰的酬勞，才不要寫，才不做傻瓜啦！況且，凡小說作者，雖然不一定能寫出擲地鏗鏘有聲的詩、散文、報導文學等各類作品，但也能在披掛以後，可以橫刀立馬裝模作樣地勉強上陣，甚至也能過關斬將，又何樂而不為呢？

三、四年以前，欣聞資深名小說作家楊念慈先生在四十年前出版的長篇大作《廢園舊事》重印問世。前些日又見報載司馬中原絕版的《狂風沙》（舊書一本網路「身價」一千元），將由〈風雲時〉重印出版，還包括他的《荒原》、《路客與刀客》等。兩者銜接在「本來無一物」夜深人靜的腦海中，除了為他兩人的「舊作」重印太興奮外，假如小說能「暢行無阻」，文壇一定會增添另一道璀璨奪目的彩虹，這個「幻想」像魔鬼似的糾纏著，讓我被周公拒於門外，一直到東方發白。

值茲《斷情扇》出版前夕，寫下了以上類似小說「道聽塗說」的「閒話」，就代表沒「正經話」可說的後記吧！

張行知　二〇〇六年九月一日於台中墨園

國家圖書館出版品預行編目

斷情扇 / 張行知著. -- 一版. -- 臺北市 ：秀威資訊科技, 2006 [民95]
面 ； 公分. -- (語言文學類 ; PG0107)

ISBN 978-986-7080-92-9 (平裝)

857.63 95017691

語言文學類 PG0107

斷 情 扇

作 者 / 張行知
發 行 人 / 宋政坤
執 行 編 輯 / 周沛妤
圖 文 排 版 / 張慧雯
封 面 設 計 / 羅季芬
數 位 轉 譯 / 徐真玉 沈裕閔
圖 書 銷 售 / 林怡君
網 路 服 務 / 徐國晉
出 版 印 製 / 秀威資訊科技股份有限公司
台北市內湖區瑞光路583巷25號1樓
電話：02-2657-9211 傳真：02-2657-9106
E-mail：service@showwe.com.tw
經 銷 商 / 紅螞蟻圖書有限公司
台北市內湖區舊宗路二段121巷28、32號4樓
電話：02-2795-3656 傳真：02-2795-4100
http://www.e-redant.com

2006 年 9 月 BOD 一版
定價： 280 元

讀　者　回　函　卡

感謝您購買本書，為提升服務品質，煩請填寫以下問卷，收到您的寶貴意見後，我們會仔細收藏記錄並回贈紀念品，謝謝！

1.您購買的書名：______________________________

2.您從何得知本書的消息？

□網路書店　□部落格　□資料庫搜尋　□書訊　□電子報　□書店

□平面媒體　□ 朋友推薦　□網站推薦　□其他__________

3.您對本書的評價：(請填代號　1.非常滿意 2.滿意 3.尚可 4.再改進)

封面設計____　版面編排____　內容____　文/譯筆____　價格____

4.讀完書後您覺得：

□很有收獲　□有收獲　□收獲不多　□沒收獲

5.您會推薦本書給朋友嗎？

□會　□不會，為什麼？______________________________________

6.其他寶貴的意見：____

____

____

____

讀者基本資料

姓名：____________________　年齡：______　性別：□女　□男

聯絡電話：________________　E-mail：____________________

地址：____

學歷：□高中(含)以下　□高中　□專科學校　□大學

□研究所(含)以上　□其他______________

職業：□製造業　□金融業　□資訊業　□軍警　□傳播業　□自由業

□服務業　□公務員　□教職　□學生　□其他__________

請貼
郵票

To：114

台北市內湖區瑞光路 583 巷 25 號 1 樓

秀威資訊科技股份有限公司　　　收

寄件人姓名：

寄件人地址：□□□

(請沿線對摺寄回,謝謝!)

秀威與 BOD

BOD（Books On Demand）是數位出版的大趨勢，秀威資訊率先運用 POD 數位印刷設備來生產書籍，並提供作者全程數位出版服務，致使書籍產銷零庫存，知識傳承不絕版，目前已開闢以下書系：

一、BOD 學術著作—專業論述的閱讀延伸
二、BOD 個人著作—分享生命的心路歷程
三、BOD 旅遊著作—個人深度旅遊文學創作
四、BOD 大陸學者—大陸專業學者學術出版
五、POD 獨家經銷—數位產製的代發行書籍

BOD 秀威網路書店：www.showwe.com.tw
政府出版品網路書店：www.*gov*books.com.tw

永不絕版的故事・自己寫・永不休止的音符・自己唱